Frauke Scheunemann

T wie Tessa
Plötzlich Geheimagentin!

Alle Bände von **TESSA**:

Band 1: Plötzlich Geheimagentin!

Frauke Scheunemann

T wie Tessa

Plötzlich Geheimagentin!

Band 1

Loewe

FSC
www.fsc.org
MIX
Papier aus verantwortungsvollen Quellen
FSC® C014496

ISBN 978-3-7432-0392-1
1. Auflage 2021

Umschlag- und Innenillustrationen: Inka Vigh
Umschlaggestaltung: Michael Dietrich
Printed in the EU

www.loewe-verlag.de

Für die coolste Tessa von allen!

1

Kein Tag wie jeder andere

Das Scheinwerferlicht ist so grell, dass ich hier oben auf der Bühne so gut wie nichts sehen kann. Aber ich höre das Gegröle der Massen, die zu unserem Konzert gekommen sind. Die Vorband ist gerade fertig, da tönt es mit einer Wucht aus den Lautsprechern, dass es mir direkt in die Magengrube fährt:

Ladies and Gentlemen!
Live on stage,
the one and only GIMME FOUR!!!!

Nach dieser Ansage steigert sich das Grölen der Zuschauer zu einem Kreischen und an dem dumpfen Poltern kann ich erkennen, dass das Publikum offenbar auf und ab springt. Es ist einfach der Wahnsinn! Aber ich darf mich davon nicht ablenken lassen, denn unser Gig beginnt mit meinem Gitarrensolo. Gelingt es, haben wir alle auf unserer Seite. Geht es in die Hose, dann … aber daran darf ich jetzt nicht denken. Volle Konzentration!

Meine Finger gleiten über die Saiten, zupfen, trommeln, werden schneller und schneller. Ich lasse die Gitarre singen, jaulen und röhren, mal schwellen die Töne an, mal werden sie zu einem Flüstern – ich spiele mich in einen regelrechten Rausch. Während ich anfangs noch etwas ungelenk zwischen Kim, Mia und Alex stehe und mich an meiner Gitarre festhalte, verfliegt meine Schüchternheit nach den ersten Takten meines Solos und ich tanze mit der Gitarre über die Bühne. Es ist ein wilder Ritt zu einer Musik, die alle restlos begeistert. Ich spüre die Energie des Publikums, die wie ein Echo zwischen uns hin- und herfliegt. Mein Herz rast – aber nicht vor Angst, sondern vor Glück: Ich, Tessa Neumann, bin eine Gitarrengöttin!

»Tessa?«

Noch den Refrain abgeritten, die Gitarre vibriert unter meinen Fingern und …

»Tessa! Wir müssen raus! Komm schon!«

Was? Wie? Raus? Wieso raus? Ich hab doch gerade erst angefangen! Und wer spricht da überhaupt mit mir? Mein Manager? Verwirrt schaue ich mich um – jemand hat plötzlich das gleißende Licht ausgeknipst und es ist fast ein bisschen dunkel um mich herum.

»Ey, Neumann, du wirst das Vorspielen noch versauen, bevor du überhaupt im Musikraum angekommen bist.«

Okay, das ist definitiv nicht die Stimme meines Managers. Was auch daran liegt, dass ich gar keinen Manager habe. Es ist die Stimme von Beyza Aktan und das dazugehörige Mädchen zerrt mich genau jetzt am Ärmel von meinem Sitz in der S-Bahn.

»Schnapp dir deine Gitarre und los!«

»Ich … äh …«, stammle ich und schaue mich um. Tatsächlich – auf dem blauen Sitz neben mir lehnt meine Gitarrentasche. Ich springe hoch, schnappe mir den Schultergurt der Tasche und hänge sie mir um. Dann laufe ich hinter Beyza her, die schon an der Wagentür angekommen ist. *Fiep, fiep, fiep* – drei schrille Töne kündigen an, dass sich die Türen der S1 gleich wieder schließen werden. Ich mache also einen großen Schritt Richtung Bahnsteig beziehungsweise will einen großen Schritt Richtung Bahnsteig machen, als ich eine weitere Stimme höre. Diesmal eine mir völlig unbekannte!

»Hilfe! Halt! Du musst den Zug aufhalten! Hilfe!« Ich schaue mich um, kann aber niemanden entdecken, dabei höre ich die Stimme direkt neben mir. Oder vielmehr: *unter mir*. Aber auch auf dem Boden sehe ich nichts. Die Türen beginnen, sich zu schließen. Beyza, die schon auf dem Bahnsteig steht, dreht sich zu mir um.

»Tessa!«, schreit sie. »TESSA!« Sie läuft auf mich zu und zieht erneut an meinem Arm.

»Hilfe!«, höre ich es wieder und schaue nach unten, während ich schon durch die Türen stolpere. Das hätte ich mal besser gelassen, denn nun bleibe ich mit dem oberen Teil

meiner Tasche an der Haltestange neben der Tür hängen. Ich verliere das Gleichgewicht, knalle mit dem Kopf an die Tür und falle in genau dem Moment aus dem Waggon, in dem sich die Türen endgültig mit einem dumpfen Seufzen schließen.

Jetzt baumle ich wie eine Marionette vor den geschlossenen S-Bahn-Türen. Der Schultergurt meiner Tasche, die auf der anderen Seite der Türen geblieben ist, ist nämlich so kurz, dass er mich weiter oben hält.

Die S-Bahn macht einen Ruck. Verdammt! Fährt die etwa los? Beyza beginnt, laut zu schreien, andere Menschen auf dem Bahnsteig rennen nach vorn und winken dem Lokführer zu. Durch die gekippten Oberfenster der S-Bahn kann ich hören, dass auch die Fahrgäste im Wagen wild durcheinanderrufen. Eine gefühlte Ewigkeit passiert nichts, immerhin fährt die Bahn auch nicht weiter, was ich sehr begrüße. Schließlich öffnen sich die Türen und ich falle nach unten. Ich bin doch schlanker, als ich dachte, denn ich sause genau in den Spalt zwischen Waggon und Bahnsteig, bis die Gitarre meinen Sturz stoppt. Das darf doch nicht wahr sein! Ich stecke tatsächlich zwischen der S1 und der Bahnsteigkante im Gleisbett fest. Mein Tag kann definitiv nicht schlimmer werden!

Er kann es doch. Schlimmer werden. Beyza hockt neben mir und ich sehe ihr genau an, dass sie mir gerne eine runterhauen würde, was sie aber lässt, weil man das bei Leuten, die sowieso schon am Boden liegen, nicht macht. Während ich also maximal unkomfortabel neben dem Waggon hänge und Beyza mich mit Blicken tötet, nähert sich jemand mit großen Schritten, dessen Gang ich über zwei Kilometer Entfernung erkennen würde. Es ist ausgerechnet Timo Erhard aus der 10d. *Der* Timo Erhard! Sprecher unserer Schülervertretung und Chefredakteur der Schülerzeitung. Mein heimlicher Schwarm seit mindestens drei Jahren, als ich ihn das erste Mal in der Schulkantine sah. Timo Erhard, der so gut aussieht, dass ich ihm nicht in die Augen gucken kann. Also, außer ich muss, weil er heftig an meinen Armen zerrt, um mich auf den Bahnsteig zurückzuhieven. Das ist der bisher peinlichste Moment in meinem dreizehnjährigen Leben. Oh, nein, warum kann ich nicht auf Timo treffen, wenn meine Haare perfekt sitzen und ich umwerfend aussehe? Warum muss es ausgerechnet jetzt sein?

»Ey, Aktan«, ruft Timo Beyza zu, »was sitzt du da wie gelähmt? Willst du Tessa nicht mal hochhelfen?«

Er kennt meinen Namen! Oh, mein Gott! Normalerweise würde ich vor Begeisterung Herzrasen bekommen. Jetzt habe ich Herzrasen, weil mir klar ist, dass Timo Erhard meinen Namen bis an das Ende seiner Tage mit einer total verpeilten Achtklässlerin in Verbindung bringen wird, der es gelungen ist, vor seinen Augen aus der S-Bahn zu fallen.

Mit einem kräftigen Ruck schafft es Timo tatsächlich, mich aus dem Spalt zu ziehen. Kurz darauf sitze ich neben Beyza und reibe mir die Schulter, die ziemlich wehtut.

»Alles okay?«, fragt Timo und klingt dabei ernsthaft besorgt.

»Äh, ja, klar!«, beeile ich mich zu versichern. »Alles okay.«

Timo mustert mich zweifelnd.

»So richtig okay siehst du aber nicht aus. Auf der Stirn wächst dir gerade ein ziemliches Horn.«

»Ein Einhorn«, ruft Beyza und kichert. Großartig – wenigstens eine, die ihre gute Laune wiedergefunden hat!

»Nein, es ist alles in Ordnung, wirklich!«, sage ich so dynamisch, wie ich es auf dem Boden sitzend hinkriege. »Ich schnappe mir jetzt meine Gitarre, dann schaffe ich es hoffentlich noch rechtzeitig zum Vorspielen.«

Mit diesen Worten springe ich auf – besser gesagt, ich versuche es, denn ich stehe noch nicht ganz, da wird mir so schwindelig, dass ich mich gleich wieder hinsetze. Timo schüttelt den Kopf.

»Echt, Tessa, mach mal langsam! Ich glaube, jemand hat einen Krankenwagen gerufen. Oder die Feuerwehr. Warte lieber, bis die dich kurz durchchecken.«

Beyza steht auf.

»Macht es dir was aus, wenn ich schon mal gehe, Tessa? Ich meine, ich kann dir hier sowieso nicht mehr helfen und zumindest *ich* würde sehr gern rechtzeitig zum Vorspielen kommen.«

Ich schüttle den Kopf.

»Nee, geh ruhig.«

Klar muss Beyza los. Sie ist als Mitglied der AG Veranstaltungstechnik an unserer Schule immerhin dafür zuständig, dass in unserer Aula heute das Soundsystem funktioniert und das Licht angeht. Es war schon ziemlich nett von ihr, dass sie mir überhaupt von dem Vorspielen erzählt hat. Was sie mittlerweile vermutlich sehr bereut.

Sie ist gerade vom Bahnsteig verschwunden, da tauchen tatsächlich zwei Sanitäter auf. Timo winkt ihnen zu.

»Hier sind wir!«

Sie kommen auf uns zu und bleiben direkt vor mir stehen. Der jüngere von den beiden stellt einen Koffer neben mich.

»Mann, wie ist das denn passiert?«, erkundigt er sich.

Ich zucke mit den Schultern und murmle: »Keine Ahnung, doof gestolpert.« Die Tatsache, dass ich Stimmen gehört habe, behalte ich lieber für mich.

»Über Funk klang das ja dramatisch – Sturz ins Gleisbett!« Der Sani beugt sich zu mir und leuchtet mir mit einer Taschenlampe ins Gesicht, ich kneife die Augen zusammen. »Schmerzen? Also, bis auf die Beule.«

»Meine Schulter tut weh. Und mir war eben ein bisschen schwindelig, mehr nicht«, antworte ich wahrheitsgemäß.

»Da kannste froh sein, dass nicht mehr passiert ist!«, sagt der Ältere, der neben Timo stehen geblieben ist. »Hier unten verlaufen die Stromleitungen. 1200 Volt – ein Puff und du bist weg!«

»Und jetzt?«, erkundigt sich Timo. Ich bin mir nicht sicher, ob das mitfühlend gemeint ist. Eher neugierig.

»Jetzt nehmen wir deine Freundin vorsichtshalber mit in die Klinik«, beantwortet der Jüngere Timos Frage. »Eine Nacht wird sie da wohl bleiben, ich denke mal, sie hat eine Gehirnerschütterung.«

Timo nickt und ich bin froh, dass keiner der drei mich gerade anschaut. Sonst würden sie sehen, dass ich bei dem Wort *Freundin* feuerrot geworden bin. Auch wenn natürlich nur *Schulfreundin* gemeint war – das Wort allein reicht, um bei mir sämtliches Blut in die Birne zu schicken!

***

Im Krankenhaus liege ich erst eine gefühlte Ewigkeit zusammen mit meiner Gitarre auf einem Behelfsbett im Flur herum, bis ich in ein Krankenzimmer geschoben werde. Dort bin ich ganz allein und werde das auch noch eine Weile bleiben. Mum und Paps sind gerade zusammen in Berlin. Sie haben sich zwar sofort auf den Rückweg gemacht, als sie von dem Unfall gehört haben, brauchen aber bestimmt noch zwei Stunden, bis sie wieder in Hamburg sind. Meine große Schwester verbringt ein Austauschjahr in Australien, Opa wohnt in Köln und andere Verwandte habe ich nicht. Na gut, da wäre natürlich noch Tante Iris. Die zählt aber unter den momentanen Umständen nicht. Ich mag sie zwar sehr, aber sie ist leider so irre, dass sie meistens für mehr Probleme als für Lösungen sorgt.

Eigentlich komme ich aber gerade auch super ohne familiären Beistand klar. Ich fühle mich nach diesem Nachmittag, als sei eine Dampfwalze über mich hinweggerollt, und ich beschließe, einfach eine Runde zu schlafen. Eine Krankenschwester bringt mir noch ein Nachthemd und ein Handtuch auf mein Zimmer und zieht die Vorhänge vor

das Fenster, dann bin ich wieder allein. Ich überlege kurz, mich umzuziehen, bin aber zu müde. Also schließe ich einfach die Augen.

»Ist die Luft endlich rein?«

Sofort sitze ich senkrecht im Bett. Da ist sie wieder, die Stimme!

»Ich mach mich dann mal wieder auf den Weg. Aber natürlich nicht, ohne dir ganz offiziell und von Herzen zu danken!«

Meine Gitarrentasche! Es ist meine Gitarrentasche, die mit mir redet! Oh, mein Gott! Ich werde offenbar verrückt. Ob das daran liegt, dass ich bei meinem Sturz so heftig mit dem Kopf angestoßen bin? Wobei – die Stimme hatte ich eindeutig schon davor gehört. Ich bin also einfach so verrückt geworden. Ohne Sturz. Krass!

Die Gitarrentasche, die eben noch friedlich auf der Bettdecke zu meinen Füßen lag, beginnt nun auch noch, sich zu bewegen. Hilfe! Schwester! Ich drehe gerade völlig durch! Hektisch schaue ich mich um, ob ich irgendwo einen Alarmknopf entdecke, aber bevor ich den Klingelknopf zu fassen bekomme, der tatsächlich an der Wand hinter meinem Bett baumelt, schiebt sich aus dem Außenfach meiner Gitarrentasche ein kleines pelziges Tierchen und grinst mich an.

»Hallo, Tessa Neumann! Gestatten, dass ich mich vorstelle? Ich bin Hector. Dschingisiin Hector.«

Kein Zweifel! Auf meinem Bett sitzt eine braune Maus und mustert mich neugierig.

»Hey, hat es dir die Sprache verschlagen?«, hakt die Maus nach. Ich fasse es nicht. Eine sprechende Maus. Ich habe ganz offensichtlich den Verstand verloren! Meine Hand greift nach dem Klingelknopf, aber bevor ich drücken kann, hüpft die Maus auf meinen Arm.

»Sachte, sachte – willst du etwa jemanden holen? Und ihm erzählen, dass du dich hier gerade mit einer Maus unterhältst? Beziehungsweise von einer Maus unterhalten wirst, denn du bist ja leider stumm wie ein Fisch.«

Statt darauf zu antworten, nicke ich wie in Zeitlupe. Die Maus schüttelt ihren kleinen Kopf.

»Ts, ts, ts – keine gute Idee! Es sei denn, du willst heute noch dringend in der Notfallpsychiatrie landen.«

»Kann … ähm …«, ich muss mich räuspern, in meinem Hals hat sich ein riesiger Kloß gebildet, »kann denn nur ich dich sehen? Bist du gar nicht echt? Eine Halluzination von mir oder so was?«

Die Maus starrt mich entgeistert an. Glaube ich jedenfalls.

»Bitte? Ich? Eine Halluzination?« Sie schnaubt verächtlich. »Natürlich nicht. Die meisten Menschen sind nur einfach zu unsensibel, um sich mit mir zu unterhalten. Im Gegensatz zu dir. Wenn du der Schwester von mir erzählst, wird sie dir zu tausend Prozent nicht glauben. Das kannst du genauso gut lassen.«

Klingt ziemlich logisch. Ich lasse den Klingelknopf wieder los und er schwingt an die Wand zurück. Dann überlege ich einen Moment.

»Was wolltest du im Gleisbett?«, frage ich die Maus.

»Warum?«

»Na ja, wenn du dort nicht um Hilfe geschrien hättest, wäre ich jetzt nicht hier. Sondern in der Aula, beim Vorspielen für *Gimme Four.*«

»Ist doch egal, warum ich da war. Hauptsache, du hast mich gerettet. Dafür noch mal vielen Dank! Ich muss los. Man sieht sich!«

Die Maus will von meinem Bett huschen, aber ich schnappe mir ihren Schwanz und halte sie fest.

»Momentchen, *Hector*! Wir sind noch nicht fertig.«

»Äh, wie bitte?« Ein Hauch von Unsicherheit schleicht sich in die Stimme der Maus.

»Du hast mir da eben die Chance meines Lebens vermasselt. Ich will jetzt wissen, warum sich eine sprechende Maus erst vor die S1 schmeißt und dann von mir gerettet werden muss!« Für meine Verhältnisse klinge ich verdammt energisch, ich bin mittlerweile aber auch richtig sauer.

»Ich ... ich bin auf dem Weg in die Innere Mongolei. Eine dringende Familienangelegenheit. Deswegen habe ich die S1 zum Flughafen genommen. Leider fiel mir erst später auf, dass nur die vorderen Waggons zum Flughafen fahren und der hintere Teil abgekoppelt wird und dann nach Poppenbüttel fährt. Also musste ich umsteigen. Dabei ist es dann passiert. Ich bin einfach nicht weit genug gesprungen.«

»Innere Mongolei?«, echoe ich. »Eine Familienangelegenheit am Ende der Welt? Warum? Warum nicht Paderborn oder Hannover? Oder einfach der nächste Stadtteil – Blankenese?«

Hector schüttelt den Kopf und schaut dabei sehr missbilligend.

»Ich bitte dich, Tessa! Ich bin doch keine gewöhnliche deutsche Feldmaus. Ich bin eine mongolische Rennmaus. Meine Familie kommt ursprünglich aus dem vornehmsten Bezirk von Ulan Bator.« Er seufzt und schaut kurz auf die Uhr über der Zimmertür. »Und genau deswegen muss ich auch los. Mein Flieger geht um 20 Uhr, wenn ich den noch kriegen will, wird es richtig knapp. Also lass los!«

Nun bin ich es, die den Kopf schüttelt. Denn gerade ist mir eine ausgezeichnete Idee gekommen.

»Nein. Du hast es verbockt, du biegst es wieder hin. Ich lasse dich erst gehen, wenn ich das Vorspielen absolviert habe.«

»What? Was genau soll ich daran geradebiegen?« Empört springt Hector auf und ab, was gar nicht so leicht für ihn ist, weil ich ihn ja immer noch am Schwanz festhalte. »Ich bin eine Maus, nicht der große Zauberer Houdini! Du hast es verpasst, Pech gehabt. Keine Chance ist einmalig. Irgendwann wird schon wieder eine Gelegenheit kommen, dein Können an der Gitarre unter Beweis zu stellen.«

»Nein«, stelle ich kurz und knapp fest. »Du bleibst. Und ich sag dir auch, warum. Diese Chance ist nämlich sehr wohl einmalig. Es ging um den Platz der Gitarristin bei *Gimme Four*. Das ist so ungefähr die angesagteste deutsche Schülerband seit … äh …« Ich überlege, aber tatsächlich fällt mir da gerade kein Vergleich ein, weil ich überhaupt keine andere deutsche Schülerband kenne. »Ist ja auch egal. Jedenfalls sind Mia, Alex, Ella und Kim eine echte Legende, nicht nur an unserer Schule, sondern überhaupt. Ihr Profil hat fast eine Million Follower, sie dürfen auch während der Schulzeit auf Tournee gehen, und ich würde töten, um da auch nur irgendwie dazugehören zu dürfen. Ich würde sogar als Putzfrau bei *Gimme Four* anheuern. Aber jetzt könnte ich als Bandmitglied Gitarre spielen. Denn Ella verlässt die Band. Sie geht mit ihren Eltern ins Ausland. Und deswegen ist«, ich schlucke kurz und korrigiere mich, »und deswegen war heute ein Vorspielen. Ein geheimes. Wenn mich Beyza da nicht eingeschleust hätte, hätten die mich niemals eingeladen. Aber weil wir uns schon aus dem Kindergarten kennen und sie weiß, wie gut ich spiele, hat sie ein gutes Wort für mich eingelegt.«

»Wow! Warum ist dir das *so* wichtig, bei denen mitzumachen?« Hector guckt verständnislos.

»Ganz einfach: Weil ich die uncoolste Person an unserer Schule bin. Ach, was – auf diesem Planeten! Ich habe einen unterirdischen Klamottengeschmack und bin einen Kopf größer als alle anderen Mädchen in meiner Klasse. Trotz dieser Größe werde ich aber von so ungefähr allen übersehen. Nicht mal die Lehrer, die ich seit der fünften Klasse habe, können sich meinen Namen merken! Und das war die einmalige Gelegenheit, das zu ändern! Wenn ich nämlich erst mal ein Mitglied von *Gimme Four* wäre, würde ich auch endlich jemand sein!«

»Okay, schlimme Geschichte, sehe ich ein. Aber was hab ich damit zu tun? Der Termin ist futsch, daran kann ich auch nichts ändern.«

Grimmig schüttle ich den Kopf und halte Hectors Schwanz noch ein bisschen fester, sodass dieser zusammenzuckt.

»Ich habe gelesen, dass Kim, Ella, Alex und Mia *riesige* Tierfreunde sind. Sie schicken zum Beispiel jedes Jahr einen dicken Scheck ans Tierheim. Deshalb werde ich mir, sobald ich hier rausdarf, meine Gitarre schnappen. Und dich. Dann werde ich der Band erklären, dass ich das Vorspielen verpasst habe, weil ich dich retten musste. Dich, eine sehr niedliche, kleine Hausmaus, die fast von der S-Bahn überfahren worden wäre. Ich hoffe sehr, dass sie mich vorspielen lassen, weil sie es toll finden, dass ich meine Karriere für eine Maus riskiert habe. Und wenn sie es nicht sofort einsehen, werde ich einfach jeden Tag wieder mit dir dort auftauchen, bis ich meine Chance bekomme. Verstanden?«

Hector nickt.

»Und, was sagst du zu dem Plan?«

»Erstens: Ich bin keine Hausmaus. Zweitens: Du bist total irre!«

2

Eine zweite Chance

Was bin ich nur für ein Glückspilz! Ja, wirklich! Denn als ich zwei Tage später mitsamt meiner Gitarre wieder in der Schule aufkreuze, hat das Vorspielen noch gar nicht stattgefunden.

»Wie denn auch? Ich war so ungefähr die Einzige, die pünktlich in der Aula ankam«, schnaubt Beyza wütend, als sie mir davon berichtet. »Ich meine – der komplette S-Bahn-Verkehr in den und vom Hamburger Westen war lahmgelegt. Wegen eines Personenschadens am S-Bahnhof Othmarschen! *Personenschaden!* Ha!« Sie mustert mich und schüttelt dann den Kopf. »Dabei ist dir ja gar nicht mal wirklich was passiert!«

»Ja, ’tschuldige, tut mir leid, dass mein Arm noch dran ist«, gebe ich leicht genervt zurück. Die spinnt ja wohl! Anstatt sich zu freuen, dass ich noch lebe! Und außerdem ist das ja alles gar nicht meine Schuld, sondern die von Hector. Den habe ich in einer Brotdose mit in die Schule geschmuggelt, um ihn Kim, Alex oder Mia zu zeigen. Allerdings habe ich die drei noch nicht gefunden. Natürlich könnte ich Beyza schon mal von ihm erzählen, aber die lässt mich nicht weiter zu Wort kommen.

»Also, wenn du der Sache noch eine Chance geben willst, dann komm in einer Viertelstunde zum Musikraum eins. Aber sei pünktlich!«

Dann rauscht sie ab und lässt mich einfach auf dem Schulhof stehen. Dafür taucht meine Klassenlehrerin Frau Dr. Philippi auf. Freundlich grüßt sie mich.

»Ach, hallo … äh … ähm …«

»Tessa«, helfe ich ihr auf die Sprünge.

»Na klar. Danke. Ja, hallo, Tessa! Schön, dass du wieder da bist! Ich habe von deinem Unfall gehört. Üble Sache! Gut, dass nicht mehr passiert ist. Aber sag mal, bist du wirklich beim Aussteigen einfach aus dem Zug gefallen?«

Ich seufze. Macht es Sinn, Frau Dr. Philippi die ganze Geschichte zu erzählen? Mitsamt mongolischer Rennmaus? Vermutlich nicht. Ich zucke also nur mit den Schultern.

»Weiß nicht. Bin irgendwie gestolpert.«

Sie nickt.

»Tja, so geht das manchmal. Wobei«, sie macht eine kurze Pause und schaut mich streng an, »da hast du für ganz schön viel Ärger gesorgt! Totales Verkehrschaos! Ich war gerade auf dem Heimweg und meine Bahn stand fast vierzig Minuten rum, bevor sie in den Bahnhof Altona einfahren konnte. ’nen richtigen Rückstau gab es da! Also pass beim nächsten Mal bitte ein bisschen besser auf.«

»Mach ich, Frau Dr. Philippi«, murmle ich, obwohl ich finde, dass sie sich schon ein bisschen mehr Sorgen um mich und ein bisschen weniger um ihren Heimweg machen könnte.

»Sehr gut! Dann bis später … äh …«

»Tessa«, erinnere ich sie erneut.

»Richtig. Tessa. Bis später!«

Als Dr. Philippi Richtung Mittelstufengebäude abgezogen ist, beginnt es, in meiner Tasche zu rappeln. Im ersten Moment erschrecke ich mich, aber dann fällt mir ein, dass ich ja immer noch Hector mit mir rumschleppe. Ich wühle in meiner Tasche, krame die Brotdose hervor und öffne vorsichtig den Deckel.

Der mongolische Kollege funkelt mich wütend an. Glaube ich jedenfalls.

»Sag mal, wie lange willst du mich hier drin eigentlich noch aufbewahren? Ich könnte längst erstickt sein!«

»Ja, könntest du. Wenn ich nicht vorher mit dem Dosenöffner ziemlich viele Löcher in den Deckel der Brotbox gehauen hätte. Keine Sorge, ich brauche dich lebend. Wobei – vielleicht brauche ich dich auch gar nicht mehr.«

Hector schnaubt erbost.

»Bitte?! Und warum schleppst du mich dann noch durch die Gegend? Ich müsste längst in Ulan Bator sein. Mein Cousin Attila macht wahrscheinlich ein Riesendrama am Flughafen, wenn er merkt, dass ich gar nicht im Flieger bin. Der Gute ist immer so leicht aus der Fassung zu bringen.«

»Tut mir leid!« Ich hebe die Tasche mitsamt Dose etwas höher, sodass es hoffentlich so aussieht, als würde ich etwas suchen, und nicht so, als würde ich mich mit meiner Brotdose unterhalten. »Ich gebe zu, meine Prio eins war nicht deine Reise in die Mongolei.«

»Nicht?«

»Nein. Wie du vielleicht bemerkt hast, habe ich mich zu Hause noch mal auf mein Vorspielen vorbereitet.«

»Ja, war nicht zu überhören. Grauenhaft. Ich hasse Gitarre. Warum spielst du nicht Klavier? Da kann man bei neueren Modellen wenigsten mit Kopfhörern üben und niemand kriegt was mit.«

Diese Spitze lasse ich unkommentiert. Ich werde sicherlich nicht mit einer kleinen braunen Maus über meine musikalischen Fähigkeiten diskutieren.

»Na, jedenfalls wollte ich heute eigentlich einen neuen Termin für mich klarmachen. Aber es sieht ganz so aus, als würde es für alle Interessenten eine zweite Chance geben. Das erste Vorspielen wurde nämlich abgesagt.«

Hector fiept. Oder lacht er?

»Ich hab's mitbekommen. Du hast mit deiner Aktion den gesamten öffentlichen Hamburger Personennahverkehr zum Erliegen gebracht.«

Wie bitte? Wutschnaubend lasse ich meine Tasche auf den Boden fallen, sodass die Brotdose mitsamt Hector ordentlich scheppert.

»Aua!«, flucht Hector. »Was soll denn das?«

»*Meine Aktion?*«, schnauze ich ihn an. »Ich würde sagen: Das ist alles wegen *deiner* blöden Aktion passiert! Ich hätte dich einfach genau da lassen sollen, wo du warst. Im Gleisbett. Dann hätte dich wahlweise die S1 geschreddert oder du wärst nach dem Kontakt mit der 1200-Volt-Leitung zu Asche verpufft!«

»Mit wem redest du?« Erschrocken fahre ich herum. Hinter mir steht Timo Erhard!

»Ähm, hallo, Timo!«, stammle ich. »Mit niemandem. Ich … äh … habe nur laut vor mich hin gedacht.«

»Echt? Klangt eher so, als ob du jemanden beschimpfst.«

Ich zucke verlegen mit den Schultern.

»Na ja. Ich schimpfe, weil … weil ich ja die Mädels von *Gimme Four* fragen will, ob ich noch mal zum Vorspielen kommen darf, und da muss ich vorher ein bisschen rumschimpfen, damit ich mutig genug bin dafür.« Puh! Was für eine dämliche Ausrede! Timo allerdings scheint sie mir zu glauben, denn nun lächelt er mich an und nickt.

»Hey, ich weiß genau, was du meinst. Ich war früher auch manchmal ein bisschen schüchtern und musste mich selbst anstacheln, bevor ich zum Beispiel fremde Leute angesprochen oder jemanden um einen Gefallen gebeten habe.«

What? Timo Erhard *Superstar* war mal schüchtern? Ich falle vom Glauben ab!

»Echt? Das hätte ich nie gedacht! Ich meine, du bist unser Schülersprecher und kriegst immer alles auf die Reihe und … und überhaupt!«

»Aber isso.« Timo grinst. »Also«, er klopft mir auf die Schulter, »du schaffst das schon!«

»Ja, danke!«, presse ich noch irgendwie aus mir heraus, bevor mich die Sprachlähmung befällt.

»Oder soll ich mitkommen und dir helfen? Ich könnte behaupten, ich sei dein Gitarrenträger«, sagt er und zeigt dabei lächelnd auf meine Gitarrentasche, die ich mir quer über die Schulter gehängt habe.

Ich schüttle heftig den Kopf. Auf gar keinen Fall will ich, dass Timo mitbekommt, wie ich die coolsten Mädchen unserer Schule geradezu darum anflehe, sich fünf Takte von meinem Gitarrengeschrammel anzuhören. Nein, wenn ich mich schon in den Staub werfen muss, dann bitte ohne Publikum!

»Vielen Dank, aber das brauchst du nicht!«, versichere ich ihm.

Timo nickt.

»Klar, kriegst du natürlich allein hin. Also dann – bis irgendwann mal.« Er winkt mir lässig zu, dreht sich um und schlendert davon. Ich atme tief durch.

»Hä?«, fiept es unter mir. »Der Typ bietet an, dir zu helfen, und du sagst, du rockst das alleine? Obwohl du ganz offensichtlich jemand bist, der jede Hilfe braucht, die er kriegen kann?«

»Nun werde mal nicht unverschämt!«, blöke ich in Richtung Tasche. »Ich glaube kaum, dass du das beurteilen kannst. Schließlich kennst du mich kaum.«

»Ich weiß immerhin, dass du jemand bist, dessen Namen

sich nicht einmal die Klassenlehrerin merken kann. Ich hab's mit eigenen Ohren gehört!«

»Na und? Das hatte ich dir auch schon selbst erzählt. Nicht schön, aber auch keine Katastrophe. Und überhaupt liegt das bestimmt daran, dass Frau Dr. Philippi dement ist. Mit mir selbst hat das gar nichts zu tun. Ich bin eine Schülerin wie alle anderen auch.«

Die Tasche bleibt stumm. Komisch – gar kein Kommentar?

»Hey, warum sagst du nichts?«, will ich von Hector wissen. Der seufzt.

»Was soll ich dazu sagen? Ich weiß, dass das Unsinn ist, du weißt, dass das Unsinn ist, wir wissen also beide, dass das Unsinn ist, und brauchen jetzt auch nicht so zu tun, als wärst du eine ganz normale Schülerin. Nee, du bist das Mädchen, das definitiv irgendwie anders ist! Und deswegen wäre bei der hippen Girl Group ein Fürsprecher wie Timo schon nicht schlecht gewesen.«

Jetzt reicht es mir aber wirklich! Ich greife mir die Brotdose aus meiner Tasche, nehme den Deckel vollständig ab und kippe Hector kopfüber in das nächste Gebüsch, das ich auf dem Schulhof finde.

»So, du Vollpfosten! Hier endet unsere gemeinsame Zeit. Du bist jetzt sehr herzlich eingeladen, auf dem schnellsten Weg nach Ulan Bator oder sonst wohin zu verschwinden. Tschüss!«

»Hey, warte! Ich könnte dir doch helfen! Einer muss es schließlich tun!«, ruft er, nachdem er sich zwischen den

Blättern hervorgekämpft hat. »Ich fliege einfach ein bisschen später, Attila kommt schon klar!«

»Nein, danke. Nicht nötig.«

Dann drehe ich mich um und laufe zu dem Gebäudetrakt, in dem sich unsere Musikräume befinden.

***

Im Flur vor dem Musikraum 1 warten schon drei andere Mädchen. Bei ihrem Anblick sinkt mir das Herz buchstäblich in die Hose. Denn sie sind alle älter als ich. Und sie sind alle viel cooler als ich. Aber hey – was hast du erwartet, Tessa? An dieser Schule sind schließlich *alle* cooler als du, rufe ich mir noch mal ins Bewusstsein. Und weil sie alle so cool sind, blicken sie noch nicht mal kurz auf, als ich ein schüchternes Hallo murmle, mich dann auf einen der freien Stühle setze und die Gitarrentasche neben mir abstelle. Niemand sagt ein Wort, nur Lara Krullmann, die Coolste der Coolen, summt mit geschlossenen Augen eine Melodie. Offenbar stimmt sie sich gerade auf ihr Vorspielen ein. Klingt leider ziemlich gut. Vielleicht sollte ich einfach wieder gehen?

In diesem Moment öffnet sich die Tür zum Musikraum und Beyza schaut raus. Sie wirft einen Blick in unsere Runde, dann nickt sie mir zu.

»So, Tessa, wir fangen mit dir an. Kommst du, bitte?«

Oh, mein Gott! Ich muss niemanden anflehen und soll auch noch als Erste spielen? Mein Herz beginnt sofort zu rasen. Nein, eigentlich beginnt es eher zu stolpern. Also, ein rasendes Stolpern, und außerdem bekomme ich Ohrensausen.

»Hey, was ist jetzt? Kommst du?«, hakt Beyza nach und klingt dabei schon ziemlich genervt. Logo, schließlich habe ich es schon einmal grandios vermasselt. Auch wenn es *nicht* meine Schuld war. Ich springe vom Stuhl auf und greife mir meine Gitarre.

»Klar, los geht's!«, rufe ich betont optimistisch und laufe in den Musikraum. Beyza schließt die Tür hinter mir. Als ich einen Blick nach vorn werfe, überlegt mein Herz kurz, ob es von »Herzrasen« zu »Herzinfarkt« wechseln soll. Denn dort sitzen die verbliebenen drei von *Gimme Four*: Kim, Alex und Mia. Und sie sehen einfach umwerfend aus. Nicht zu sehr gestylt, aber auch nicht zu wenig, die langen Mähnen lässig verwuschelt und ein Make-up, das noch schultauglich, aber eindeutig professioneller ist als das, was ich mir für eine Party ins Gesicht malen könnte. Wenn ich denn überhaupt mal zu einer Party eingeladen werden würde.

Vor Ehrfurcht habe ich echt Mühe, einen Fuß vor den anderen zu setzen, aber immerhin nicken mir die drei freundlich zu, und Mia macht eine Handbewegung hin zu der kleinen Bühne, die an der Rückwand des Musikraums steht.

»Du musst Tessa sein, richtig?«, fragt Kim und lächelt. Ich nicke stumm, unfähig, auch nur ein Wort rauszubringen. »Beyza hat uns schon viel über dich erzählt.« Nun lächeln auch die anderen zwei – oder ist es eher ein Grinsen? Unsicher ziehe ich den Kopf zwischen die Schultern, was Alex, die Schlagzeugerin mit den wilden Locken, sofort bemerkt.

»Ey, keine Sorge, das kleine S-Bahn-Unglück blenden wir jetzt mal aus. Zeig uns einfach, was du draufhast!«

»Okay«, gebe ich mit kratziger Stimme zurück und gehe auf die Bühne, auf der schon ein Stuhl für mich bereitsteht. Beyza kommt hinzu und will einen Notenständer danebenstellen, ich schüttle den Kopf.

»Danke, aber den brauche ich nicht. Ich … ich spiele aus dem Kopf.« Dann ziehe ich die Gitarre aus der Tasche, stimme sie kurz – und lege los. Für mein Vorspielen habe ich mir ein Stück ausgesucht, das fester Bestandteil des *Gimme-Four*-Repertoires ist. Das ist wahrscheinlich ziemlich wagemutig, aber ohne etwas zu riskieren, komme ich hier garantiert nicht weiter.

Das Stück beginnt sehr langsam, wird dann immer schneller und mündet in ein furioses Gitarrensolo – jedenfalls ist es furios, wenn Ella es spielt. Mein Anfang hingegen klingt etwas wackelig, was aber nicht nur daran liegt, dass ich nervös bin, sondern dass draußen auf dem Flur gerade eine ziemliche Unruhe herrscht. Ich bilde mir ein, laute Stimmen und sogar Schreie zu hören. Ich lasse die Gitarre wieder sinken.

»Lass dich nicht stören«, sagt Mia, die rothaarige Keyboarderin von *Gimme Four*. »Das ist der Nachteil eines Probenraums auf dem Schulgelände – es ist einfach immer laut. Wir können das aber mittlerweile ganz gut ausblenden. Also, hau rein, Kapelle!«

»Nun mach schon weiter«, zischt mir Beyza zu, die immer noch neben der Bühne steht. Wahrscheinlich hat sie Angst, dass ich hier verkacke und ihren Ruf endgültig ruiniere.

Ich atme tief durch, schließe die Augen und denke an meinen Tagtraum von vorgestern: meinen unglaublichen Auftritt beim ersten Gig mit *Gimme Four*. Spiel einfach genau so, Tessa, mache ich mir selbst Mut. Dann lege ich los und höre erst wieder auf, als ich das Gitarrensolo am Ende des Stücks tatsächlich mit der Gitarre tanzend hinter mich gebracht habe. Als der letzte Akkord verklungen ist, öffne ich wieder die Augen und lege die Gitarre neben mich auf den Stuhl. Beyza und die Mädels von *Gimme Four* starren mich an.

»Wow!«, ruft Alex. »Das hätte ich dir gar nicht zugetraut! Du wirkst sonst immer so … still!«

Verlegen blicke ich zu Boden.

»Tja, also, die Musik hilft mir, aus mir herauszukommen«, nuschle ich.

»Man merkt's«, stellt Mia trocken fest. »Solltest du öfter machen – aus dir rauskommen, meinte ich. Steht dir.« Sie wirft einen Blick zur Tür. »Wir hören uns jetzt noch die anderen Mädchen an, beraten uns und melden uns dann bei dir. Ich denke, morgen weißt du Bescheid. Vielen Dank fürs Kommen.«

Ich nicke. »Alles klar. Dann bis morgen!«

Beyza bringt mich zur Tür. Als sie diese öffnet, sitzt dort draußen allerdings niemand. Überrascht blicke ich mich um. Wo sind die drei anderen Mädchen hin? Auch Beyza schaut erstaunt.

»Was ist denn hier los? Sind die etwa alle gegangen?«

»Beyza, die Nächste bitte!«, ruft es aus dem Musikraum. Beyza zuckt mit den Schultern und geht zurück. Weil ich nicht so recht weiß, was ich jetzt machen soll, laufe ich einfach hinterher.

»Da ist niemand mehr«, erklärt sie den wartenden Bandmitgliedern.

»Was?«, ruft Alex. »Ich denke, es wollten insgesamt vier Leute vorspielen.«

»Ja, eigentlich schon.« Beyza hebt die Hände. »Aber die haben sich das offensichtlich anders überlegt. Soll ich sie suchen gehen?«

»Nein.« Nur ein Wort, aber mit so fester und klarer Stimme ausgesprochen, dass sich eine Nachfrage erübrigt. *Nein* heißt hier eindeutig *Nein*. Aber wer hat das eigentlich gesagt? Die Mädchen nicht, das ist klar, denn das Nein kam eindeutig von einer erwachsenen Frau. Ich drehe meinen Kopf in die Richtung, aus der ich die Stimme gehört habe, und dann erst sehe ich sie: In der hinteren Ecke des Raums lehnt eine Frau an unserem schuleigenen Konzertflügel. Ich wundere mich, dass sie mir nicht gleich aufgefallen ist, denn eigentlich ist sie nicht zu übersehen: ziemlich groß, hellgraue, fast weiße Haare, zu einem exakten Bob geschnitten, der genau auf Kinnlänge endet, und eine Nase, die einen Adler vor Neid erblassen lassen würde. Ja, das beschreibt die Dame eigentlich perfekt: Sie sieht aus wie ein riesiger Weißkopfadler!

»Aber Marianne«, räuspert sich Kim, »sollten wir uns die anderen nicht wenigstens mal anhören? Lass Beyza doch eben gucken, was passiert ist. Da waren gerade noch mindestens drei andere Interessentinnen.«

»Nein«, wiederholt der Weißkopfadler mit dieser Stimme, die keinen Widerspruch duldet. »Wir haben absolut keine Zeit mehr – ich muss jetzt sofort nach Berlin melden, wie das hier weitergeht, sonst bricht der ganze Plan zusammen. Der Auftritt von Tessa hat mich überzeugt, die anderen Mädchen sind nicht da, die Sache ist entschieden.« Sie richtet sich gerade auf, kommt mit energischen Schritten auf mich zu und streckt mir die Hand entgegen.

»Hallo, Tessa! Ich bin Marianne Atlee, die Managerin von *Gimme Four*. Herzlich willkommen in der Band!«

3

Maus mit Helfersyndrom

»Also, du könntest dich ja wenigstens mal bei mir bedanken. Keine Riesensache, keine Lobpreisungen – aber so ein klitzekleines Dankeschön, das müsste doch wohl drin sein!«

Als ich den Musikraum verlasse, bin ich noch so geflasht, dass ich Hector erst gar nicht bemerke. Die Maus hat mir offenbar vor dem Musikraum aufgelauert und verfolgt mich seitdem. Wobei *verfolgen* die Sache nicht ganz trifft, denn Hector hat sich inzwischen einfach an meinem Hosenbein hochgehangelt, hockt auf meiner Gitarrentasche und lässt sich von mir durch die Gegend tragen. Ich beschließe, ihn zu ignorieren. Wahrscheinlich gibt es auch gar keine sprechenden Mäuse und ich leide infolge meines Sturzes lediglich an einem posttraumatischen Belastungssyndrom und bilde mir das alles nur ein. Eine reine Stressreaktion also. Ja, das wird es sein.

Hector springt von der Tasche auf meine Schulter.

»Halloooo?!«, ruft er aufgebracht. »Hast du nicht gehört, was ich gesagt habe? Wie wäre es mal mit bedanken?«

Jetzt reicht es mir! Ich greife an meine Schulter, packe das Kerlchen im Nacken und halte es mir genau vor mein Gesicht.

»Aua! Nicht so grob!«, beschwert es sich, aber das ist mir egal.

»Jetzt pass mal auf, du kleine Nervensäge: Es gibt überhaupt keinen Grund, mich bei dir zu bedanken. Im Gegenteil: Ich habe dir vorgestern das Leben gerettet und du gehst mir mittlerweile tierisch auf den Keks.«

Hector schnappt empört nach Luft.

»Aber … aber …«

»Nichts *aber*!«, schneide ich ihm das Wort ab. »Ich bringe dich jetzt wieder raus und dann verziehst du dich. Nach Ulan Bator oder sonst wohin. Hauptsache, weit weg.«

»Ha! Das mache ich liebend gern! Aber dann kannst du deine weitere musikalische Karriere vergessen. Ohne mich hätte sie nämlich niemals begonnen. Und ohne mich wird sie auch sehr schnell wieder vorüber sein.«

Eins muss man der Maus lassen – selbstbewusst ist sie. Da könnte ich mir mal 'ne Scheibe von abschneiden. Weil Hector immer noch wie ein Bekloppter zappelt, setze ich ihn halbwegs sanft auf den Boden. Dann hocke ich mich vor ihn und schaue ihm direkt in sein spitzes Gesicht.

»So, dann schieß mal los. Wieso glaubst du, dass ich dir den Start meiner musikalischen Karriere verdanke?«

Hector gibt ein Geräusch von sich, das eine Mischung aus Pfeifen und Schnaufen ist.

»Gegenfrage: Warum, glaubst du, hast du den Job bekommen?«

»Weil ich musikalisch überzeugt habe.«

Nun ist das Geräusch eindeutig ein Kichern.

»Papperlapapp! Du warst die Einzige, die vorgespielt hat. Deswegen hast du den Job bekommen.«

»Na ja, aber ich war auch gut!«, verteidige ich mein Vorspielen. Hector allerdings ignoriert diesen Einwand, indem er seinen Satz völlig ungerührt fortführt: »Und du warst die Einzige, weil ich deine Konkurrenz 1a entsorgt habe. Ich habe die Mädchen in die Waden gezwickt und bin ihnen unbemerkt in die Hosenbeine gekrochen, sodass sie einen Riesenschreck bekommen haben. Sie konnten mich nicht sehen und wurden mich nicht los – da sind sie alle drei panisch davongerannt.«

Wie bitte? Dann war das also der Lärm, den ich vorhin gehört habe!

»Warum hast du das gemacht?«, will ich von Hector wissen.

»Hä? Ist doch wohl klar! Ich wollte dir helfen. Weil du mir auch geholfen hast. Ich hatte meine Zweifel, ob du den Job ohne Unterstützung wirklich kriegst.«

Abrupt stehe ich auf, nicht sicher, ob ich mich jetzt über diese Unverschämtheit ärgern oder über die Hilfsbereitschaft freuen soll. Ich entscheide mich für Ersteres.

»Ich hätte es auch ohne deine Hilfe geschafft.«

Hector streicht sich mit der Vorderpfote durch seine Schnurrhaare.

»Mag sein. Vielleicht aber auch nicht. Ich handle gern nach der Devise: Sicher ist sicher.«

»Na gut. Dann vielen Dank für deine Hilfe. Aber ab jetzt mache ich ohne dich weiter. Leb wohl!« Mit einer dramatischen Geste winke ich der Maus zu, drehe mich um und gehe. Weit komme ich allerdings nicht.

»Nein, nein, nein! Das ist keine gute Idee! Glaube mir, du brauchst einen Coach an deiner Seite.«

»Wie kommst du da drauf? Du hast doch gar keine Ahnung von Musik!«

Diese Bemerkung bringt mir ein mitleidiges Kopfschütteln der Maus ein.

»Von Musik natürlich nicht. Aber von Intrigen, Lügen und Ränkespielen. Damit kenne ich mich bestens aus. Ist gewissermaßen meine Spezialität! Ich habe mir das Vorspielen angesehen – glaube mir, das ist eine Schlangengrube, in die du dich da reingewagt hast!«

Ich muss kichern.

»Also echt jetzt, das ist doch Quatsch! *Gimme Four* ist eine Schülerband. Eine sehr erfolgreiche, klar, aber eben immer noch eine einfache Schülerband.«

»Da liegst du aber gewaltig falsch. Erstens: Die anderen Mädchen – Kim und Mia oder wie die alle heißen – wollen dich nicht dabeihaben. Zweitens: Mit Marianne Atlee stimmt doch auch irgendetwas nicht. Ich habe sie ganz genau beobachtet, die Frau ist ein falscher Fuffziger! Sie hat dir kaum zugehört, sondern die ganze Zeit auf ihrem Handy rumgetippt.«

»Sie ist die Managerin. Und als Vollprofi wahrscheinlich in der Lage, mir zuzuhören *und* gleichzeitig Textnachrichten zu schreiben. Vielleicht hat sie ja auch einzelne Takes aufgenommen und verschickt. Und jemand hat ihr dann bestätigt, wie genial ich bin.«

Hector beginnt zu röcheln und rollt sich auf dem Boden hin und her.

»Hey, geht es dir nicht gut? Bekommst du etwa keine Luft mehr? Warum röchelst du so?«, frage ich ihn besorgt.

Er rappelt sich auf und guckt mich an.

»Quatsch. Ich röchle nicht. Ich wälze mich vor Lachen auf dem Boden. Genialität – so ein Unsinn!«

Wütend packe ich Hector an seinem langen Schwanz und halte ihn hoch.

»Du bist eindeutig zu klein, um so frech zu sein!«, fahre ich ihn an.

»Ich bin nicht frech, ich bin einfach nur ehrlich«, quiekt Hector, während er kopfüber vor mir baumelt. »Und die Wahrheit ist nun mal, dass diese Marianne nicht von deinem nervösen Geklampfe überzeugt war. Sondern von irgendetwas anderem.«

»Ach ja, wirklich?« Ich lasse Hector noch einmal kräftig hin und her schwingen, weil er mich so sehr nervt.

»Wirklich!«, fiept er. »Beyza hat ihr kurz vor deinem Auftritt etwas erzählt, dann hat sie genickt und sofort mit dem Handygetippe angefangen. Da hattest du noch keine einzige Note gespielt. Und nach deinem Auftritt hat sie den Sack gleich zugemacht. Sie war fast froh, dass die anderen nicht mehr da waren, glaube ich. Ich meine, ich hab von deinem Vorspielen nicht viel gehört, weil ich schließlich die Konkurrenz verjagen musste, aber ich bin mir sicher, dass diese Marianne andere Gründe hatte, dich in die Band aufzunehmen.«

Hm. Ob die Maus recht hat? Nachdenklich lasse ich sie zu Boden, wo sie sich kurz schüttelt, bevor sie sich erneut zu mir dreht.

»Ich finde, ich sollte meinen Rückflug noch mal verschieben und dir weiter Gesellschaft leisten – dir als Berater zur Seite stehen! Bis du weißt, woran du bei der Truppe wirklich bist. Wenn sich herausstellt, dass alles wie am Schnürchen läuft und meine Bedenken unbegründet waren, mache ich mich sofort vom Acker.«

»Ich denke, du musst ganz dringend eine Familienangelegenheit in Ulan Bator klären?«

»Nicht in Ulan Bator. Sondern in der Inneren Mongolei. In Ulan Bator sind nur der Flughafen und mein Cousin. Aber der muss sich dann halt noch gedulden. Mein Riechkolben sagt mir, dass die dich hier irgendwie verschaukeln wollen. Vielleicht brauchen sie noch einen Pausenclown oder irgend so was in der Richtung.«

»Pausenclown?« So langsam bin ich beleidigt.

»Na ja, du weißt schon – so als Sidekick. Vielleicht denken sie, dass es lustig wäre, wenn jemand dabei ist, der so gar nicht in die Band …«

»Jetzt reicht es mir aber, Hector!«, schnaube ich empört. »Wie du selbst sagst, hast du mich gar nicht richtig spielen gehört. Ich denke, ich war einfach gut. Und deswegen hat Marianne gleich zugegriffen.«

Hector hebt beschwichtigend die Pfoten.

»Ist ja gut, ist ja gut. Dann sagen wir einfach, ich bleibe zu meiner eigenen Beruhigung noch ein bisschen bei dir. Momentan sind die Flüge sowieso wahnsinnig teuer, ich warte also auf ein gutes Last-Minute-Angebot. Wenn ich eins erwische, mache ich die Biege.«

»Okay, du Supernase. Dann hoffe ich mal, dass du erstens bald merken wirst, dass ich hervorragend in die Band passe, und du zweitens demnächst ein echtes Schnäppchenticket Richtung Mongolei ergatterst, damit du drittens endlich Leine ziehst.«

»Mach ich dann. Hundertpro.«

»Versprochen?«, hake ich nach. Auf eine mongolische Rennmaus als Berater lege ich verständlicherweise keinen gesteigerten Wert. Noch dazu, wenn die Maus offenbar an Verfolgungswahn leidet! Mit *Gimme Four* ist mit Sicherheit alles in bester Ordnung und ich werde schon sehr bald mit den anderen drei Mädchen auf der Bühne stehen und den Spaß meines Lebens haben!

Hector hebt feierlich seine rechte Pfote.

»Versprochen!«

***

»Du machst ja wirklich Ernst mit deiner gesunden Ernährung und Fitness!« Meine Mum nickt anerkennend, als sie mich bei Paprika- und Möhrenschnitzeln in der Küche antrifft. »Gestern Abend der ganze Eisbergsalat mit Mais, jetzt Möhren und Paprika, und das Ganze am Sonntagmorgen um acht Uhr – alle Achtung!«

Ich ringe mir ein gequältes Lächeln ab.

»Ja, ich muss doch fit sein. So von wegen *gute Figur machen beim Videodreh*. Die anderen Mädchen habe eine Mega-Choreografie drauf, dagegen sehe ich momentan echt alt aus.«

»Das schaffst du schon, mein Schatz!« Mum streicht mir sanft über die Wange. »Papa und ich sind mächtig stolz auf dich. Zu schade, dass wir nicht mitkommen können.« Sie seufzt.

Ich hingegen bin gar nicht so unglücklich, dass mir Marianne Atlee gleich bei unserer ersten Besprechung nach dem Vorspielen klargemacht hat, dass sämtliche Bandaktivitäten ohne Eltern stattfinden werden. Proben, Videodrehs, Shows – das Management kümmert sich um alles, Eltern sind vor Ort nicht nur unerwünscht, sondern sogar verboten. »Bringen zu viel Unruhe rein!«, hat mir Marianne erklärt und damit hat sie wahrscheinlich genau recht. Meine Mum könnte es sich jedenfalls bestimmt nicht verkneifen, mir vor einem Auftritt noch mal die Haare bürsten zu wollen oder mein Outfit zu kommentieren.

Mit dem Geschnipsel bin ich endlich fertig. Ich schiebe alles in eine große Salatschüssel und gehe aus der Küche.

»Hey, wollen wir nicht zusammen frühstücken? Ich mach mir auch was Gesundes – Grapefruit mit Müsli«, ruft mir meine Mutter hinterher.

»Och nö«, antworte ich. »Ich muss noch lernen und werde das nebenbei mümmeln.«

Ist natürlich von vorn bis hinten gelogen. Genau wie die Sache mit der gesunden Ernährung. In Wirklichkeit kommt das ganze Grünzeug nur einer einzigen Person zugute: meinem neuen Mitbewohner Hector, den ich hoffentlich bald wieder los bin. Bis dahin muss ich ihn allerdings noch in meinem Zimmer verstecken und durchfüttern.

»Hier«, sage ich und stelle ihm die Schüssel vor sein improvisiertes Mäusehaus, einen Schuhkarton, in den ich vorne ein Loch geschnitten habe. Hectors Kopf taucht aus dem Inneren des Kartons auf, er schnüffelt mit zuckendem Näschen an der Schüssel.

»Hattest du nicht gesagt, dass du Sonnenblumenkerne besorgst?«, fragt er dann mit vorwurfsvoller Stimme.

»Alter, es ist Sonntag!«, mosere ich. »Genau genommen, Sonntag, sehr früher Morgen! Es ist gerade mal zwölf Stunden her, dass der Herr seinen Wunsch nach Sonnenblumenkernen geäußert hat. Die Läden haben seitdem noch nicht wieder geöffnet.«

Hector schlägt sich mit der Pfote vor die Stirn.

»Ach, ich vergesse es immer wieder. Wir sind ja in Deutschland, Heimat des Ladenschlussgesetzes.«

»Hä?«

»Na, die Deutschen mit ihren Ladenöffnungszeiten. Völlig Banane. In New York wäre es überhaupt kein Problem, mir sonntags um drei Uhr nachts Sonnenblumenkerne zu besorgen.«

»Ja, außer, dass ich auch in New York keinen Bock hätte, nachts für dich einkaufen zu gehen, du Ködel!«

»Jetzt mal nicht frech werden! Ich brauche meine ungesättigten Fettsäuren. Sie fördern das logische Denken. Könnte dir übrigens auch nicht schaden.«

»Vielen Dank, ich komme klar.« Unverschämtheit! Wenn der so weitermacht, siedle ich ihn in den Garten um. Dann kann er sich allein auf die Suche nach seinen ungesättigten Fettsäuren machen.

Hector sagt dazu nichts mehr, sondern stürzt sich auf die Rohkost, die ihm auch ohne Sonnenblumenkerne zu schmecken scheint. Ich gebe zu: Es sieht irgendwie niedlich aus, wie sich das kleine Kerlchen durch die Paprikastückchen fräst! In Rekordgeschwindigkeit hat er einen Großteil der Paprika und Möhren vertilgt, bevor er wieder seinen Kopf aus der Schüssel hebt.

»So, da geht es mir doch gleich besser«, stellt Hector fest. »Mit leerem Magen kann ich nicht wirklich gut denken.«

»Aber worüber willst du denn jetzt nachdenken?«, wundere ich mich.

»Ist doch wohl klar!« Die Rennmaus schüttelt den Kopf, ganz so, als könne sie nicht glauben, dass ich es nicht weiß. »*Wir* müssen darüber nachdenken, wie wir die Band überführen.«

»*Überführen?*«

»Okay, vielleicht ist *überführen* auch ein zu großes Wort. Sagen wir von mir aus, wie wir herausfinden, was mit der Band nicht stimmt. Ich habe natürlich schon eine Grundidee, was wir als Nächstes tun sollten, ich muss nur noch ein bisschen an den Feinheiten feilen.«

So langsam platzt mir die Hutschnur! Ich greife mir Hector, setze ihn auf meine Handfläche und halte ihn mir vors Gesicht.

»Lieber Hector, nimm es hin: Mit *Gimme Four* ist alles in Ordnung. Du kannst sehr beruhigt nach Ulan Bator oder sonst wohin fahren. Ich brauche keinen Aufpasser.«

Hector streckt sein spitzes Gesicht nach vorn und blinzelt mich an. Angriffslustig, würde ich sagen.

»Liebe Tessa, nimm es hin: Du wirst noch froh sein, dass du mich, den einzigartigen, den superschlauen, den weltbesten Hector an deiner Seite hast!«

Seufz! Ich gebe es auf! Hoffentlich gibt es bald einen 10-Euro-Direktflug nach Ulan Bator!

4

Nett ist die kleine Schwester von ...

»Du machst deine Sache wirklich nicht schlecht«, kommentiert Marianne Atlee meinen ersten Probeneinsatz nach dem Vorspielen. »Ich denke, du wirst bei unserem Gig in Berlin keine Probleme haben, in die Band hineinzufinden.«

Ich merke, wie mir vor Stolz das Blut in den Kopf schießt.

»Danke, Frau Atlee«, stottere ich schüchtern. Sie lächelt und schüttelt den Kopf.

»Aber nicht doch, Tessa! Du musst mich nicht siezen. Sag einfach Marianne zu mir. Wir sind jetzt doch ein Team!«

Aus den Augenwinkeln sehe ich, wie Kim und Alex die Augen verdrehen. Ob die Maus recht damit hat, dass die anderen mich nicht dabeihaben wollen? Meine Small-Talk-Versuche bei unserer ersten Besprechung waren nicht gerade von Erfolg gekrönt, auf dem Schulhof ignorieren mich die drei weiterhin und bei unserer Probe ist es auch nur Marianne, die etwas freundlicher zu mir ist. Meine Euphorie, es in die glamouröseste Schülerband Deutschlands geschafft zu haben, ist jedenfalls schon ziemlich verflogen.

»Danke, Marianne«, sage ich höflich und versuche, mir meine Verunsicherung nicht anmerken zu lassen. »Werden wir in Berlin eigentlich auch einen richtigen Auftritt haben oder drehen wir da wirklich nur für das neue Musikvideo?«, will ich dann wissen.

Kim mustert mich spöttisch.

»Was ist denn für dich ein richtiger Auftritt?«

Ich zucke mit den Schultern.

»Na, ich meine, so vor Publikum.«

Jetzt brechen Kim, Mia und Alex fast gleichzeitig in Gelächter aus. Sie beruhigen sich erst wieder, als ihnen Marianne einen wirklich sehr strengen Blick zuwirft.

»Ey, Neumann«, japst Alex und wischt sich Lachtränen aus den Augenwinkeln, »du kannst wirklich froh sein, dass dein erster Auftritt ohne Publikum stattfindet. Ich meine, das ist ja alles schon ganz nett mit deiner Gitarre, aber auf eine Bühne gehörst du damit noch nicht. Jedenfalls, wenn du nicht ausgebuht werden willst.«

Zack! Das hat gesessen! Wieder werde ich knallrot, aber diesmal nicht vor Stolz, sondern vor Scham. Marianne steht von ihrem Stuhl auf, von dem aus sie die Probe verfolgt hat, kommt zu uns herüber und bleibt erst sehr knapp vor Alex stehen.

»Alexandra, darf ich dich daran erinnern, dass wir sehr

froh sein können, so kurzfristig Ersatz für Ella gefunden zu haben? *Sehr* froh! Die Berlin-Geschichte könnten wir sonst vergessen und du weißt hoffentlich ganz genau, welche Konsequenzen das für unseren nächsten Einsatz hätte!«

Alex macht einen Schritt zurück und nickt.

»'tschuldigung«, murmelt sie, »ist nur so, dass ich Ella ziemlich vermisse.« Dann schaut sie direkt zu mir. »Tut mir leid, Tessa. Du spielst schon wirklich gut. Das wird alles klappen und irgendwann hast du auch deinen großen Auftritt auf 'ner Bühne.« Jetzt ringt sie sich sogar ein halbwegs freundliches Lächeln ab und auch Kim und Mia bemühen sich um so etwas wie einen wohlwollenden Gesichtsausdruck.

Das kaufe ich ihnen aber kein Stück ab. Ich bin die Kröte, die sie hier alle schlucken müssen, wenn sie weitermachen wollen – das ist schon klar. Aber geht es wirklich nur um die Band? Mannomann, Tessa!, schimpfe ich jetzt mit mir selbst, die Maus hat dich schon so kirre gemacht, dass du plötzlich überall eine Verschwörung witterst!

***

»Hey, Tessa! Herzlichen Glückwunsch!« Timo hat mich auf dem Schulhof entdeckt und kommt auf mich zugeschlendert. Er sieht extrem lässig und cool dabei aus, während ich von jetzt auf gleich einem Herzinfarkt nahe bin. Sehe ich gut aus? Was habe ich an? Sitzen meine Haare? Letzteres ist allerdings nur eine rein hypothetische Frage, denn da ich meine Haare heute früh mit einem ziemlich ausgeleierten Haargummi in eine Art Knoten gezwängt habe, können sie gar nicht gut sitzen. So ein Mist!

»Äh, danke! Wofür denn?«, stottere ich.

»Na, wie ich gehört habe, war dein Vorspielen erfolgreich und sie haben dich in die Band aufgenommen.«

»Ähm, stimmt, ja. Ich … na ja, ich war die Einzige, die vorgespielt hat.« Ich zucke mit den Schultern. »War also keine große Kunst.«

»Ts, ts, ts!« Timo schüttelt den Kopf. »Jetzt untertreib mal nicht. Die Geschichte, die ich gehört habe, geht eher so, dass sie von deinem Auftritt so begeistert waren, dass die anderen nicht mehr die geringste Chance hatten.«

»Okay, vielleicht war es auch eine Mischung aus beidem«, räume ich ein. »Ich war gut und die anderen waren … äh … kurzfristig verhindert und dann wollte Marianne nicht mehr warten.«

»Wer ist denn Marianne?«

»Marianne Atlee, die Managerin von *Gimme Four*.«

»Ach so. Ist das so 'ne Grauhaarige?«

Ich nicke. »Kennst du sie?«, will ich dann wissen.

»Nein, ich habe sie nur neulich im Büro vom Direx gesehen. Ich wollte mir seine Erlaubnis holen, die Plakate für unser Börsenspiel aufhängen zu dürfen. Die Sekretärin war nicht da, also bin ich einfach in sein Zimmer. Da saß die Grauhaarige bei ihm und anscheinend hatten sie etwas Wichtiges zu besprechen. Jedenfalls haben sie mich gleich wieder vor die Tür gesetzt.«

»Tja, ging wahrscheinlich um unseren Ausflug nach Berlin. Wir drehen da ein Musikvideo. Mit Proben und allem Drum und Dran sind wir drei Tage weg, mitten in der Schulzeit.«

Timo pfeift. »Wow, sehr cool. Schade, dass ich nicht Gitarre spiele! Ein Kurztrip nach Berlin wäre für mich gerade genau das Richtige. Ich verpasse den Physiktest und bin in Deutschlands geilster Stadt.«

»Hey«, spiele ich die Empörte, »das ist kein Urlaub, sondern harte Arbeit!«

Jetzt müssen wir beide lachen und das fühlt sich gut an! Richtig gut! Ich, Tessa Neumann, unterhalte mich mit dem tollsten Junge der Schule *und* er lacht auch noch über einen Witz von mir! Eigentlich könnte ich jetzt tot umfallen, denn mein Leben kann wahrscheinlich nicht mehr besser werden.

Aber leider wird es sofort wieder eine ganze Ecke schlechter, denn gerade in diesem Moment kommt Lara Krullmann vorbei und an ihrem Blick sehe ich, dass sie ziemlich sauer ist. Sie steuert direkt auf mich zu und bleibt ungefähr zehn Zentimeter vor mir stehen.

»Hey, Neumann«, giftet sie sofort los, »das war ja wohl der glücklichste Zufall deines Lebens. Leider sehr unfair. Na ja, die werden schon sehen, was sie davon haben.«

»Ich weiß nicht, was du meinst«, entgegne ich und mache einen Schritt zurück, damit sie nicht mehr ganz so dicht vor mir steht. Leider folgt sie mir sofort und klebt wieder vor meinem Gesicht.

»Das glaubst du doch wohl selbst nicht! Du hattest Hilfe von diesem … diesem Ding! Es hat mich gebissen! Und die anderen Mädchen auch. So lange, bis wir geflüchtet sind. Das war doch kein Zufall!«

»So, nun beruhigen wir uns mal«, brummt Timo und zieht Lara an ihren Schultern ein Stück von mir weg. »Hörst du nicht, wie seltsam du gerade klingst, Lara? Dich hat ein *Ding* angefallen? Wir sind hier doch nicht bei *Stranger Things*!«

Lara reißt die Augen auf.

»Mach du nur deine Witze, Timo! Aber es war tatsächlich so! Von mir aus auch wie in einem Horrorfilm – etwas hat mich angefallen und Tessa hat damit zu tun!« Während Lara eben noch nur laut und wütend klang, kreischt sie jetzt regelrecht. Ein sehr unangenehmer Ton, der dazu führt, dass sich sofort eine kleine Traube von Mitschülern um uns bildet. Es ist wirklich sehr peinlich, aber Lara macht munter weiter. »Ich meine, mal im Ernst: Das unscheinbarste Mädchen der Schule wird auf einmal Mitglied bei *Gimme Four* und ich, Lara Krullmann, darf nicht mal mehr vorspielen? Das kann einfach nicht mit rechten Dingen zugehen, das musst du doch zugeben, Timo!«

Timo schüttelt den Kopf.

»Alter, was bist du denn für eine schlimme Ziege, Lara! Egal, warum sie Tessa genommen haben – mir ist jedenfalls völlig klar, warum sie *dich* auf keinen Fall wollten. Und zwar ohne Vorspielen! Komm, Tessa, das hörst du dir nicht länger an.«

Dann packt er mich am Ärmel und zieht mich einfach hinter sich her in Richtung Cafeteria. Ganz ehrlich: Noch nie hat es sich so gut angefühlt, beschimpft worden zu sein!

In der Cafeteria spendiert mir Timo eine Laugenstange und eine Cola, holt sich selbst das Gleiche, und wir setzen uns damit auf die Bänke vor den großen Fenstern zum Schulhof.

»Wow, Lara war ja richtig außer sich!« Timo schüttelt ungläubig den Kopf. »Nimmt die irgendwelche Pillen, die sie nicht verträgt?«

Ich zucke mit den Schultern und betrachte meine Fingernägel. Bloß nicht anmerken lassen, dass ich natürlich weiß, wer der Übeltäter war!

»Ist ja auch egal. Ich freue mich jedenfalls für dich, dass du es geschafft hast. Berlin klingt cool und es kommen bestimmt noch jede Menge andere Super-Events!«

»Hoffentlich«, seufze ich.

»Hey, das klingt aber nicht besonders überzeugt«, wundert sich Timo. »Du musst doch megahappy sein!«

»Ja, bin ich ja auch. Aber …« Ich halte kurz inne und überlege, wie ich es Timo erklären kann, ohne wie der völlige Loser rüberzukommen, »als Lara das so gesagt hat, also, das mit dem unscheinbarsten Mädchen der Schule und so … na ja, so Glamour bin ich ja tatsächlich nicht.«

»So ein Quatsch! Und Lara ist da sowieso kein Maßstab. Die ist einfach eine total aufgedonnerte Else. Ich wette, ungeschminkt würden wir sie alle nicht erkennen.«

Bei der Vorstellung muss ich unwillkürlich grinsen.

»Hast recht. Aber auch die Mädels von *Gimme Four* scheinen mit mir als neuem Bandmitglied nicht besonders glücklich zu sein. Heute in der Probe waren sie jedenfalls nicht gerade freundlich.«

Jetzt ist es Timo, der mit den Schultern zuckt.

»Die müssen sich halt erst mal an dich gewöhnen.«

»Alex hat gesagt, dass sie Ella vermisst. Klang für mich aber wie eine Ausrede.«

»Warum sollte das eine Ausrede sein?«, will Timo wissen. »Wie ich gehört habe, kam der Abgang von Ella wirklich total überraschend für alle. Von einem Tag auf den anderen war sie nicht mehr da, sie hat sich nicht mal von ihrer Klasse verabschiedet. Der Vater ist wohl ein hohes Tier bei irgendeiner Unternehmensberatung und hat über Nacht das Büro in Singapur übernommen und seine Familie gleich mit eingepackt. Oder war es das Büro in Shanghai? Wurscht. Weg ist weg.«

»Hm. Wenn du meinst.«

»Ich bin sicher. Einige Sachen brauchen einfach Zeit. Nimm uns zum Beispiel.« Timo rückt ein Stück von mir ab und grinst mich an. Mir wird auf einmal warm. »Noch letzte Woche haben wir kaum ein Wort miteinander gewechselt und jetzt sitzen wir hier ganz puschelig zusammen.«

Mir wird sehr, *sehr* warm. Von dem Herzrasen ganz zu schweigen.

»Äh, stimmt.« Etwas Intelligenteres fällt mir leider gerade nicht ein. Timo grinst noch breiter.

»Also, ich habe mich schon richtig an dich gewöhnt, Tessa. Du bist nett. Es macht mir Spaß, mich mit dir zu unterhalten. Ist fast so, als hätte ich auf einmal eine kleine Schwester!«

BOING!! What?! Oh no! *Nett?? Kleine Schwester?* Hat er gerade wirklich *kleine Schwester* gesagt? In der Kombination mit *nett?* Weniger sexy geht es wohl kaum! Ich will nicht, dass Timo brüderliche Gefühle für mich entwickelt! Ich will, dass er mich attraktiv findet! Wunderschön! Geheimnisvoll und begehrenswert, nicht *nett*!

Nett ist übrigens, wie wohl jeder weiß, eindeutig die kleine Schwester von Scheiße! Verdammt.

5

Da haben wir den Salat!

Ich bin gelassen, total entspannt. Ich bin die Ruhe selbst. Ich bin … WAAAAHHHH! Ich könnte ausrasten, mich auf den Boden schmeißen, laut schreien und um mich schlagen – so nervös bin ich!

Aber ich versuche, mir nichts anmerken zu lassen, als der schwarze Bus, der uns von Hamburg nach Berlin gebracht hat, endlich anhält. Und zwar nicht irgendwo in Berlin, sondern in der Mitte der Mitte: Unser Bus steht vor dem Grandhotel *Adlon*, direkt am Brandenburger Tor! Dass wir hier einchecken würden, hatte ich zwar schon in den Reiseunterlagen gesehen, die Marianne an meine Eltern gemailt hatte. Aber nun wirklich hier zu sein und durch das Busfenster auf den weinroten Baldachin von Deutschlands berühmtestem Luxushotel zu sehen, das ist noch mal eine ganz andere Hausnummer! Ich stehe auf und greife nach meinem Rucksack. Alle anderen bleiben allerdings sitzen.

»Steigen wir nicht aus?«, frage ich Marianne, die auf der anderen Seite des Gangs Platz genommen hat. Sie schüttelt den Kopf.

»Moment. Es ist noch zu viel los. Wir lassen erst mal Enrico raus, dann fahren wir zum Hintereingang.«

Viel los? Ich schaue noch mal aus dem Busfenster – und dann sehe ich es auch: Links und rechts vom Baldachin stehen kleine Grüppchen von Kindern und Jugendlichen und scheinen auf irgendetwas zu warten. Oder auf irgendwen. Und dann fällt mir ein Schild auf, das ein Mädchen hochhält: *Willkommen in Berlin*, *GIMME FOUR!* Und noch ein anderes direkt daneben: *GIMME FOUR – WELTKLASSE!!!*

Ach, du Schreck – sind das etwa Fans? Richtige Fans? Ich fasse es nicht! Ich hätte fast vergessen, dass ich mit echten Stars unterwegs bin. Und dazu gehören natürlich auch echte Fans.

»Hey, Mund zu, Neumann. Es regnet sonst rein.«

Ebenfalls hätte ich fast vergessen, dass ich eine echt nervige Maus mit im Gepäck habe. Hector linst aus meinem Rucksack hervor, in dem ich ihn verstaut hatte, um ihn so unauffällig wie möglich zu transportieren. Seine Schnurrhaare zittern. Irgendwie sieht er mickrig aus.

»Geht's dir nicht gut?«, erkundige ich mich.

Er schüttelt den Kopf. »Ich habe die letzten drei Stunden zusammengequetscht zwischen deinen Socken und Unterhosen verbracht. Wie soll es mir da gut gehen? Außerdem habe ich Riesenhunger. Wenn ich nicht bald etwas zu fressen bekomme, mache ich mich selbst auf die Suche nach Futter.«

»Auf gar keinen Fall!«, fauche ich ihn an. »Die finden mich schon alle spackig genug. Wenn die auch noch mitkriegen, dass ich ein Haustier mit mir herumschleppe, bin ich endgültig unten durch.«

»Ich bin doch kein Haustier!«, fiept Hector. »Ich bin dein Manager!«

»Quatsch. Marianne ist meine Managerin. Du bist einfach nur eine Maus, die an Größenwahn leidet.«

»Pah!« Hector dreht den Kopf zur Seite und atmet tief durch. Dann guckt er mich wieder an. »Ich weiß wirklich nicht, warum – aber du scheinst zu denken, dass ich zu meinem eigenen Vergnügen mitgekommen bin.«

»Mit wem redest du da?« Kim ist von ihrem Sitz aufgestanden und tippt mir auf die Schulter.

»Äh, nur mit mir selbst«, stammle ich. »Vor Aufregung, weißt du? Ich, äh, es … also, Selbstgespräche beruhigen mich.«

Okay, jetzt steh ich da wie ein Vollidiot, aber *Selbstgespräche* klingt vermutlich besser als *Gespräche mit einer mongolischen Rennmaus*. Kim mustert mich und schüttelt dann unmerklich den Kopf.

Die vordere Bustür öffnet sich und Enrico, der Assistent von Marianne, steigt aus. Die Fans fangen an zu grölen, als sie ihn sehen.

»Tut mir leid, Leute!«, höre ich ihn rufen. »Die Mädels sind nicht an Bord. Sie kommen erst morgen nach Berlin, wir bereiten nur schon alles für den ersten Drehtag vor. Aber ich verspreche, dass ich für euch ein FMA auf Insta einstelle, dann seid ihr hautnah dabei.«

FMA? Was ist denn das? Kim kann offenbar Gedanken lesen, denn sie beantwortet mir meine unausgesprochene Frage.

»*Follow me around.* Ein Film, der unsere Fans hinter die Kulissen führt. So, als wären sie selbst dabei. Das macht Enrico bei fast all unseren Auftritten.«

»Ach, so heißt das! Gesehen habe ich das natürlich schon. Ich folge euch natürlich auf Insta und TikTok und …«

»Ja, ja, ist ja schon gut, Tessa.« Alex hat sich neben uns gestellt. »Du brauchst nicht so zu tun, als seist du unser größter Fan. Genau genommen ist das sogar kontraproduktiv. Du bist jetzt ein Teil von *Gimme Four*. Also benimm dich auch so. Dazu gehört übrigens langsam mal ein definitiv anderer Look. Denn du läufst immer noch rum wie jemand aus dem Unterstufenchor.«

Kim kichert.

»Na ja, ich würde sagen – immerhin Mittelstufenchor!«

Dann lachen beide und gehen zurück auf ihre Plätze. Ich setze mich auch wieder. Allerdings nicht mal halb so gut gelaunt, sondern ziemlich genervt. Wenn das hier die ganze Zeit so geht, werde ich meinen Job in der Band sehr gern an Lara Krullmann abtreten. Soll die sich doch mit diesen arroganten Ziegen rumschlagen!

Es klopft vorn an die Bustür. Enrico ist wieder zurück. Der Fahrer öffnet und er schlüpft in den Bus.

»So, im Hotel ist alles bereit. Kannst losfahren, wir werden auf der anderen Seite erwartet.«

Der Fahrer startet den Motor und fährt einmal um den Block. Das allerdings geht gar nicht so flott, denn der Block umfasst noch die gesamte Britische Botschaft und eine weitere Häuserzeile, bis der Bus endlich erneut hält. Marianne wirft einen Blick aus dem Fenster.

»Bestens. Niemand da. Ihr könnt in Ruhe aussteigen«, nickt sie dann zufrieden und schält sich selbst aus ihrem Sitz. Kurz darauf stehen wir alle vor einem nicht ganz so imposanten Baldachin wie auf der anderen Seite des Hotels.

»*Lorenz Adlon Weinhandlung*«, lese ich laut vor, was in geschwungenen schwarzen Buchstaben über dem roten Baldachin steht. »Eine Weinhandlung? Wir trinken erst mal ein Glas Wein?«

Marianne lacht.

»Nein, dafür seid ihr ja alle noch definitiv zu jung. Das ist die Rückseite des Hotels. Von hier aus kommen wir ganz komfortabel hinein, ohne vor lauter Liebe überrannt zu werden. Aber falls du Durst hast, kannst du dir natürlich gleich etwas ohne Alkohol aus der Minibar nehmen. Für alle, die trotz meiner köstlichen Geburtstagstorte noch Hunger haben: Bestellt euch gern etwas beim Zimmerservice, runter ins Restaurant würde ich momentan eher nicht gehen. Es lungern dort bestimmt noch ein paar Fans herum.«

Stimmt: Da Marianne heute Geburtstag hat, gab es für jeden von uns im Bus ein großes Stück Lübecker Nusstorte mit Sahnecreme und Marzipanüberzug. Lecker!

»Sag, dass du einen Salat willst!«, fiept es aus meinem Rucksack.

»Nein!«, knurre ich zurück.

Marianne hebt überrascht die Augenbrauen.

»Hoppla, kein Grund, unfreundlich zu werden«, sagt sie dann zu mir.

»Äh, tut mir leid«, stammle ich, »ich meinte natürlich nicht dich.«

Nun gehen Mariannes Augenbrauen noch weiter nach oben, bis sie fast in ihrem weißen Haaransatz verschwinden. Wie peinlich – und das alles nur wegen einer verfluchten mongolischen Rennmaus!

»Unsere Tessa redet ganz gern mal mit sich selbst«, verkündet Kim, während sie mit ihrer Tasche an mir vorbeischlendert.

Nun wirft mir der Weißkopfadler einen Blick zu, den ich mal eins zu eins übersetzen kann mit: Oh mein Gott, wen haben wir uns denn da aufgehalst?! Ich greife mir meinen Rucksack und folge Enrico, der das Gepäck bereits zum Eingang schleppt.

Hinter der gläsernen Tür des rückwärtigen Hoteleingangs geht es ein paar Stufen nach oben. Links befindet sich eine Holztür, offenbar der Zugang zur Weinhandlung. Wir gehen geradeaus, wo uns eine junge Frau schon die Tür zum Hotelbereich aufhält.

»Herzlich willkommen im Hotel *Adlon*!«, begrüßt sie uns freundlich. »Es ist schön, Sie wieder als unsere Gäste hier zu haben.« Dann wendet sie sich an Marianne. »Wir haben Ihre Zimmer schon vorbereitet, Frau Atlee. In zwei Stunden ist das Treffen mit Herrn Lindström und seinem Team. Es wäre also noch genug Zeit für einen kleinen Spa-Besuch oder einen Spaziergang durch den Tiergarten.«

»Ich will nicht in den Zoo, ich will einen großen Salat!«, murrt es schon wieder aus meinem Rucksack. Diesmal verkneife ich es mir, darauf zu antworten und Hector zu erklären, dass der Berliner Tiergarten kein Zoo, sondern ein Park ist. Ich will nicht wieder bei einem scheinbar wunderlichen Selbstgespräch ertappt werden.

»Vielen Dank«, antwortet Marianne, »aber ich glaube, wir gehen einfach auf unsere Zimmer und bereiten uns noch ein bisschen vor. Haben Sie Herrn Lindström die Kopie des überarbeiteten Skripts gegeben? Er braucht es für die Drehbesprechung.«

Die Unifomierte nickt.

»Selbstverständlich. Er hat alles erhalten, was uns Ihre Sekretärin gemailt hat.«

»Prima, vielen Dank!« Sie wendet sich uns zu. »Dann würde ich sagen: Ab auf die Zimmer, wir treffen uns in einer Stunde bei mir und gehen alles noch mal durch. Wer noch etwas essen will, tut es bitte jetzt gleich.«

»Salat!«, fiept mein Rucksack.

Schnauze!, denke ich. Aber ein bisschen Hunger habe ich, ehrlich gesagt, mittlerweile auch. Trotz Sahnetorte.

Mein Magen ist ein Mysterium. Kaum hört er das Wort »Zimmerservice«, fängt er an zu knurren. Vielleicht ist ein Anruf dort jetzt doch genau das Richtige.

***

Auf dem Zimmer angekommen, denke ich allerdings erst mal gar nicht mehr daran, dass ich Hunger habe – zu überwältigt bin ich von dem Luxus: Der Raum ist riesig! Nein, eigentlich sind es sogar zwei Räume. Es gibt einen Schlafbereich mit einem Himmelbett und einen Wohnbereich mit einer hell gemusterten Couch und Sesseln, die um einen Glastisch herum gruppiert sind. Auf dem Tisch steht eine Vase mit einem üppigen Strauß lachsfarbener Rosen, daneben liegen eine Schachtel Pralinen und ein Obstkorb. Das Tollste in dem Zimmer sind allerdings nicht das Himmelbett oder die Rosen. Das mit Abstand Tollste ist der Blick aus dem Fenster des Wohnbereichs – er geht direkt auf das Brandenburger Tor!

»Wow!«, rufe ich und lasse mich auf das Sofa fallen. »Das ist einfach unglaublich, ich träume das doch alles nur!« Dann entdecke ich eine Karte auf dem Glastisch. Ich nehme sie in die Hand und klappe sie auf.

»*Liebe Frau Neumann, wir heißen Sie als Gast im Hotel Adlon herzlich willkommen und wünschen Ihnen eine angenehme Zeit in Berlin. Die Direktion*«, lese ich laut vor. Dann öffne ich die Pralinenschachtel und fische mir ein Nugatstück mit Mandel heraus. Lecker!

»Pöh!«, pfeift es laut neben der Eingangstür, wo ich meinen Rucksack abgestellt habe. »Die tun ja geradezu so, als ob du Beyoncé wärst.«

»Wer war noch mal Beyoncé?«, stelle ich mich doof, aber Hector schnaubt nur, während er sich aus dem Rucksack kämpft und ins Wohnzimmer trippelt. Bei mir angekommen, springt er erst auf einen der Sessel und von dort auf die Tischplatte. Ehe ich mich versehe, hat er sich einen Trüffel geschnappt und in sein spitzes Maul gestopft.

»Hm«, mampft er, »Salat wäre zwar gesünder, aber das hier ist zumindest eine leckere Alternative.« Bevor er sich die nächste Praline schnappen kann, reiße ich die Schachtel weg. »Hey, die sind für mich! Oder heißt du etwa auch Neumann? Nimm gefälligst den Apfel, das ist besser für eine Maus wie dich!«

Hector setzt sich auf seinen Mäusepo und starrt mich an.

»Also wirklich, haben dir deine Eltern nicht beigebracht, dass man teilen soll? Und woher willst du überhaupt wissen, was gut für einen Mäusemagen ist?«

»Erstens: Ich schnibble seit Tagen Grünzeug für dich, schon vergessen? Zweitens: Meine Eltern haben mir vor allem beigebracht, dass man nicht ungefragt an fremde Geschenke geht!«

»Fremde Geschenke?« Hector klingt empört. »Ich würde doch wohl sagen …«

Was er sagen will, erfahre ich nicht, denn in diesem Moment klingelt es an der Zimmertür. Na ja, genau genommen ist es ein Gong aus drei Tönen. Sehr vornehm!

»Los, versteck dich!«, rufe ich Hector zu, dann gehe ich zur Tür und öffne. Draußen steht Mia.

»Hey, Tessa. Ich soll dir das hier geben.« Sie hält mir eine Mappe hin.

»Was ist das?«, will ich wissen.

»Letzte Änderungen am Drehbuch von Marianne und ein überarbeiteter Notensatz für dich. Kannst ja schon mal üben. Nicht, dass du bei deinem ersten Einsatz gleich verkackst.« Sie grinst. Ich nehme ihr die Mappe ab und werfe einen Blick hinein. Noten und ein Drehbuch. *Diamonds are a Girl's best Friend RELOADED* – so heißt der Titel des Videodrehs und so steht es auch in Großbuchstaben auf der Mappe. Ich seufze. Mia hat recht. Ich sollte noch etwas üben.

»Alter, wie fett ist das denn?« Mia ist an mir vorbei ins Zimmer gegangen. Sie schaut sich um und pfeift. »Hast du etwa eine Suite abgegriffen?« Ich zucke mit den Schultern.

»Sieht so aus. Hast du ein anderes Zimmer?«

»Jo.« Sie dreht sich im Kreis und lässt sich dann auf das Sofa fallen. »Eine Suite bekommt eigentlich immer nur Marianne. Ich glaube sogar, sie hat sonst genau dieses Zimmer. Na ja«, sie nickt mir lächelnd zu, »ist vielleicht ein Goodie für dich.«

»Iiieeehck!« Ein helles Pfeifen schallt durch das Zimmer. Mia setzt sich erschreckt auf.

»Was war das?«

»Was denn?«

»Na, dieser schrille Ton.«

»Ich hab nichts gehört«, behaupte ich.

Mia runzelt die Stirn.

»Echt nicht? Ist ja komisch.« Dann fläzt sie sich wieder auf die Kissen. »Egal. Aber sehr nice hier. Mein Zimmer ist auch schön, aber längst nicht so groß. Da will Marianne dich als Newbie wohl verwöhnen.« Sie entdeckt die Pralinenschachtel und kommt wieder aus den Kissen hoch, um hineinzulangen. »Hm, lecker!«

»Sag bloß, du hast auch keine Pralinen auf dem Zimmer?«

»Nope. Aber das ist mein eigener Wunsch in allen Hotels. Ich passe sonst bald nicht mehr in mein Bühnenoutfit.«

Ich schüttle den Kopf.

»Das lass bloß nicht meine Mutter hören!«, sage ich. *»Teenager sollten niemals anfangen, Kalorien zu zählen oder eine Diät zu machen!«*, versuche ich, den vorwurfsvollen Tonfall meiner Mutter zu imitieren. *»Ruckzuck sind sie sonst magersüchtig! Eine gesunde Ernährung reicht vollkommen aus!«*

»Mag für Teenager ja stimmen«, murmelt Mia.

Hä, wie meint sie das denn? Sie ist doch ein Teenager. Bevor ich sie allerdings fragen kann, springt sie vom Sofa auf und läuft wieder zur Zimmertür.

»Also, wir treffen uns in einer knappen Stunde. Viel Spaß beim Üben!«

Kaum ist sie aus der Tür, wühlt sich Hector aus den Sofakissen hervor.

»Hilfe!«, japst er. »Ein Anschlag! Die hätte mich fast umgebracht! Ich bin platt wie eine Briefmarke!«

Ich mustere ihn.

»Na ja, so ganz platt nun auch wieder nicht. Da um deine Hüften, da scheinst du mir schon noch ziemlich rund zu sein. Zu viele Trüffelpralinen in letzter Zeit?«

»Tsss, Frechheit! Üb du mal lieber dein neues Stück. Ich gebe dieser Mia recht – wäre schon doof, wenn du es beim ersten Einsatz gleich vermasselst.«

Kann es sein, dass Hector die unverschämteste mongolische Rennmaus der Welt ist?

6

Diamonds are a girl's best friend

»Der Koh-i-Noor ist vermutlich der berühmteste Diamant der Welt. Er wiegt über hundert Karat.«

Vor uns in einer Vitrine funkelt ein riesiger, runder Stein mal in Blau, mal in Weiß, je nachdem, aus welcher Richtung man ihn betrachtet.

»Wow, der ist wirklich wunderschön!«, rufe ich beeindruckt. »Der muss ja ein Vermögen wert sein!«

Herr Lindström lächelt.

»Das Original ist unbezahlbar. Aber das hier ist natürlich nur eine Replik. Der echte Stein wurde vor fast tausend Jahren in Indien entdeckt. Er hat vielen indischen und persischen Herrschern gehört, bevor er schließlich an den Hof von Queen Victoria gelangte. Heute ziert er die Krone der seligen Queen Mum, der Mutter der heutigen Königin von England, und ist Teil der Kronjuwelen.«

Kim pfeift durch die Zähne.

»Ganz schön alter Zausel, der Diamant!«

»Ja, das ist er. Ein schöner Stein mit einer dunklen Geschichte«, erzählt Lindström weiter. »Angeblich lastet auf ihm ein Fluch. Den meisten seiner Besitzer hat er Unglück und Verderben gebracht. Es heißt, nur Gott oder eine Frau könnten ihn ungestraft tragen.«

»Uah, gruselige Geschichte!« Mia schüttelt sich. »Wobei – da wir alle Frauen sind, könnten wir uns den Klunker ohne Probleme anheften.«

Lindström nickt.

»Vermutlich. Diamanten und Frauen sind meiner Meinung nach wie füreinander gemacht, man kann der Dame seines Herzens nichts Schöneres schenken! Deswegen freue ich mich umso mehr, dass ihr euer neues Video in unserer Ausstellung drehen werdet.«

Alex, die hinter Lindström steht, verdreht die Augen und flüstert Kim etwas zu. Vermutlich ist sie anderer Auffassung, was die Kombination von Frauen und Diamanten betrifft – da kommt Herr Lindström doch ziemlich altmodisch rüber. Aber vielleicht bringt das sein Job so mit sich, denn wie ich jetzt weiß, ist er der Chef einer großen Juwelierkette, die in der Lobby des Adlon eine Diamanten- und Schmuckmesse organisiert und damit die perfekte Kulisse für unser neues Video bietet. Schließlich geht es in dem neuen Titel von *Gimme Four* auch um Diamanten. Genau genommen tatsächlich um Diamanten und Mädchen, aber eben anders, als sich Herr Lindström das vermutlich vorstellt. Unsere Botschaft ist nämlich, dass frau sich Diamanten besser selbst kauft. Wenn sie denn unbedingt welche haben will.

Geprobt haben wir das Ganze schon in Hamburg, aber nun geht es darum, den Song zwischen den wertvollen Ausstellungsstücken zu präsentieren. Die Lobby ist dafür zwischen der Rezeption und dem berühmten Elefantenbrunnen, der im vorderen Bereich am Durchgang zur Bar steht, mit Flatterband abgesperrt. Außerdem befinden sich überall zwischen den Vitrinen Klebestreifenmarkierungen auf dem Fußboden, die uns die Orientierung erleichtern sollen, wenn wir im Video tanzen und singen.

Allein sind wir dabei nicht, denn es kommt noch ein Schauspieler dazu, der den männlichen Part der Liebesgeschichte übernimmt. In einer Szene versucht *er ihr*, unserer Sängerin Kim, ein teures Collier zu schenken, um sie zu beeindrucken. Aber sie will es nicht, weil man Liebe schließlich nicht kaufen kann, und so verschenkt sie es am Ende des Videos einfach an ein kleines Mädchen und kauft sich stattdessen selbst eine schlichte Kette.

»Mann, ist die Geschichte platt«, hat Hector gleich gemosert, als ich ihm das Skript vorhin vorgelesen habe. *Liebe kann man nicht kaufen. Selbst ist die Frau* – gab's nicht noch mehr Binsenweisheiten, die ihr in dem Lied hättet verwursten können?«

»Sei nicht so biestig«, habe ich mit ihm geschimpft und beschlossen, ihm künftig einfach nichts mehr von *Gimme Four* zu erzählen. Hier geht es schließlich um Lieder, die zu

Herzen gehen sollen, nicht um eine Abhandlung aus einem Soziologie-Seminar an der Uni!

»Hallo, Tessa, hörst du mir zu?« Marianne zupft mich am Ärmel.

»'tschuldigung«, murmle ich, »ich war ganz in Gedanken.«

Unsere Managerin schüttelt den Kopf.

»Also, du musst dich jetzt wirklich ein bisschen besser konzentrieren. Wir machen gleich eine Durchlaufprobe, und wenn du nicht weißt, was du machen sollst, dauert das ewig!«

»Alles klar.«

Aus den Augenwinkeln kann ich sehen, wie Kim, Mia und Alex grinsen. Alex flüstert Kim etwas zu, ich kann allerdings nicht hören, was sie sagt. Ist vermutlich auch besser so, wird schon nicht besonders schmeichelhaft gewesen sein.

Marianne nickt mir zu, dann klatscht sie in die Hände.

»So, dann geht mal alle auf eure Positionen. Wir machen eine Stellprobe ohne Instrumente und gehen einfach einmal die Story durch, danach mit Instrumenten. Okay?«

Die Mädchen murmeln etwas, das vermutlich *okay* heißen soll, ich mache es genauso. Tatsächlich habe ich mich ganz gut auf diese Probe vorbereitet und weiß ziemlich genau, wie das hier ablaufen soll. Also stelle ich mich neben einer der Vitrinen auf das rote Kreuz am Boden, das meine Position zu Beginn des Videos markiert. Auch Kim, Mia und Alex nehmen ihre Plätze ein.

»Enrico, bist du mit dem Playback startklar?«, ruft Marianne nach hinten, wo Enrico an einem Mischpult steht.

»Jupp, bin ich!«, kommt die Antwort prompt.

»Und bitte!«, gibt Marianne dann das Startzeichen und die ersten Takte unseres Songs klingen durch die Lobby. Kim ist mit einem Mal wie verwandelt, sie tänzelt an der Markierung entlang und ist jetzt nicht mehr Schulmädchen, sondern Popstar. Die Stimme, die Gesten, jede Bewegung – Glamour pur! Ich bin so fasziniert von dieser Veränderung, dass ich fast meinen Einsatz verpasse.

»Pst!«, kommt es von Enrico. Ich zucke zusammen, greife mir meine imaginäre Gitarre und springe in die Mitte der Lobby. Hier ist durch die Anordnung der Vitrinen eine Art Manege entstanden, in der nun Alex, Mia und ich um Kim herumstehen. Kim singt zum Playback und schaut dabei direkt in die – ebenfalls noch imaginäre – Kamera. Oder sollte ich sagen: Sie flirtet mit der Kamera? Ja, das trifft es besser. Kim flirtet mit Augenaufschlag und Schmollmund, und das sehr überzeugend!

Nun kommt auch der Schauspieler in unseren Kreis, der den Freund von Kim mimt. Er legt seine Hände um ihre Hüften und die beiden beginnen, miteinander zu tanzen. Schließlich zieht er eine Schachtel aus seinem Hosenbund und klappt sie vor Kims Augen auf – die aber schüttelt den Kopf und schiebt ihn von sich weg.

»Stopp!«, ruft Marianne aus dem Hintergrund und Enrico hält die Musik an. »Das ist irgendwie zu ungelenk. Wenn Jay mit dem Schmuckkästchen hantieren muss, geht das

Fließende in dieser Szene verloren. Wir müssen uns etwas anderes überlegen, so geht es jedenfalls nicht. Guckt mal, ich zeige es euch.«

Jay nickt, legt die Schachtel auf den Boden und geht dann gemeinsam mit Kim zu Marianne, die die Szene mit ihrem Handy gefilmt hat. Sie zeigt sie den beiden.

»Hm, du hast recht«, sagt Kim. »Das wirkt wirklich sehr gekünstelt. Vielleicht kann er das Collier einfach aus der Hosentasche ziehen? Ohne das Kästchen?«

Nun schüttelt Jay den Kopf.

»Na, ick weiß nickt«, sagt er mit einem Akzent, der wahrscheinlich amerikanisch oder englisch ist. »Wurde ick wirklick ein' so teuren Schmuck in de' Hosentasche tragen?«

»Vielleicht müssen wir die Szene ganz anders aufbauen. Vielleicht müssten wir ...« Marianne macht eine Pause und legt die Kopf schief, offensichtlich denkt sie nach.

Während sie immer wieder den kurzen Filmausschnitt auf ihrem Handy betrachtet, drängt sich auf einmal eine Frau im weißen Bademantel an uns vorbei und rupft das Flatterband auseinander, das Enrico vorhin weiträumig um die Vitrinen gespannt hat.

»Hey!«, ruft Enrico und läuft der Frau hinterher, »Sie können hier nicht einfach so durchs Bild laufen! Was meinen Sie, warum wir das abgesperrt haben?«

Die Bademantel-Lady mustert ihn kühl.

»Es ist mir völlig egal, warum Sie das hier abgesperrt haben! Ich bin voll zahlender Gast und verlange, dass ich jeden Bereich des Hotels nutzen kann.«

Enrico runzelt die Stirn.

»Verstehe ich. Aber Sie sehen mir eher so aus, als wollten Sie in den Spa-Bereich. Der liegt allerdings in der entgegengesetzten Richtung.«

»Sehr richtig!«, entgegnet die Frau und schnauft wütend. »Von da komme ich gerade. Und genau deswegen will ich jetzt zur Rezeption. Um mich zu beschweren! Also lassen Sie mich durch!«

Die letzten Worte kommen so energisch, dass Enrico verdutzt einen Schritt zur Seite macht und die Bademantel-Lady vorbeilässt. Ich frage mich, warum die eigentlich so sauer ist. War das Wasser im Pool zu kalt? Die Sauna zu heiß? Oder welchen Grund könnte es noch geben, dass sie nicht einmal Zeit hatte, sich umzuziehen, sondern hier im Bademantel und mit Handtuch-Turban quer durch die Lobby stürmt? Neugierig folge ich ihr ein paar Schritte.

Am Empfangstresen der Rezeption angekommen, fängt die Frau sofort an, laut loszuschimpfen. Ich muss ihr gar nicht einmal besonders auf den Pelz rücken, um alles gut zu verstehen.

»Dass es in einem Hotel diesen Ranges eine Schädlingsplage im Spa-Bereich gibt, ist einfach unerhört! Und eklig! Rufen Sie sofort den Kammerjäger!«

Der junge Mann auf der anderen Seite des Empfangstresens guckt erschrocken.

»Aber meine Dame – was denn für Schädlinge? Haben wir etwa Silberfische im Schwimmbad? Oder Motten in den Umkleiden? Ich rufe sofort unseren Facility Manager!«

»Motten? Silberfische? Ha!« Die Frau schnaubt. »Schlimmer, viel schlimmer! Sie haben Mäuse im Spa! Dicke, eklige braune Mäuse! Die turnen da rum und tun so, als ob sie selbst Hotelgäste wären. Ich komme gerade in die Sauna, da sitzt eine drin und grinst mich frech an. Kein Stück schüchtern. Einfach widerlich!«

Braun? Dick? Frech? Bei mir gehen sämtliche Alarmglocken an. Ich mache auf dem Absatz kehrt und stürze in die Richtung, aus der die Lady gerade gekommen ist.

»Hey, wo willst du hin?«, schreit mir Kim hinterher. »Wir machen gleich weiter mit unserer Probe!«

»Bin sofort wieder da!«, rufe ich ihr über meine Schulter zu und renne weiter. Vorbei an den erstaunten Hotelgästen, die sich von ihren Plätzen in der Lobby aus ganz gemütlich unsere Probe ansehen wollen, und vorbei an Enrico, der das Flatterband flickt, das die Dame zerstört hat. Schnell lässt er es zu Boden sinken, sodass ich mit einem kleinen Sprung darüberhüpfen kann.

***

Als ich endlich im Spa-Bereich angekommen bin und die Tür zur Sauna öffne, bestätigt sich mein Verdacht: Es ist Hector. Natürlich! Er fläzt sich auf der untersten Holzbank und sieht sehr zufrieden aus.

»Oh, hallo, Tessa!«, begrüßt er mich. »So in voller Montur wird das aber nichts mit dem Saunagang. Brauchst du ein Handtuch? Die liegen draußen.«

Mit einem entschlossenen Griff schnappe ich mir das Kerlchen und pflücke es von der Holzbank.

»Sag mal, bist du völlig übergeschnappt?«, blöke ich Hector an, und das nicht gerade leise, denn wir sind momentan zum Glück die einzigen Besucher hier.

»Hey, lass mich los!«, quiekt er und zappelt in meiner Hand.

»Ich denke gar nicht daran«, fauche ich und drücke ihn noch ein bisschen fester. »Wir hatten eine klare Abmachung: Du kommst mit nach Berlin, aber du bleibst unsichtbar. Niemand außer mir darf dich sehen und wird dich sehen. Das hat du mir versprochen!«

»Richtig. Und was glaubst du wohl, warum ich hier bin?« Hector hört auf zu zappeln und legt eine theatralische Sprechpause ein. Ich setze ihn auf den Boden vor mich und zucke mit den Schultern.

»Keine Ahnung. Weil du dich einfach nicht an Abmachungen halten kannst?«

»Falsch. Ich bin hier, *damit* mich niemand sieht. In deinem Zimmer ist nämlich gerade ein reges Kommen und Gehen. Ich bin in den Spa-Bereich geflüchtet, damit ich nicht entdeckt werde. Konnte ja nicht ahnen, dass ich hier über die Olle im Bademantel stolpere und die gleich hysterisch wird.«

»Bitte? Was meinst du denn mit *reges Kommen und Gehen*?«

»Genau das, was ich sage: Seit du zur Probe runtergegangen bist, war in deinem Zimmer die Hölle los. Menschen kamen und brachten große Koffer und anderen Krempel rein. Und kurz darauf kamen sie noch mal und schafften das Zeug wieder raus. Beide Male konnte ich mich nur sehr knapp unter das Sofa retten. Hätte ich jetzt warten sollen, bis zum dritten Mal jemand ins Zimmer kommt und mich dann doch noch findet? Nee, oder? Also habe ich vernünftigerweise lieber die Biege gemacht.«

Nachdenklich mustere ich Hector. Sagt er die Wahrheit oder tischt er mir hier einfach eine sehr fantasievolle Ausrede auf?

»Glaubst du mir etwa nicht?« Die Maus kann offenbar Gedanken lesen.

»Na ja, die Geschichte klingt schon ein bisschen wild. Vielleicht wolltest du auch einfach nur in die Sauna?«

Hector schüttelt den Kopf.

»Also, bitte! Warum sollte ich denn in die Sauna wollen? Ich, eine Maus? Weißt du, wie unangenehm warm das hier ist, wenn man ein Fell hat?«

Dazu sage ich nichts, sondern starre Hector weiterhin zweifelnd an.

»Weil ich mir aber schon gedacht habe, dass du mir völlig unberechtigterweise nicht glauben würdest, habe ich ein Beweismittel versteckt.«

»Ein Beweismittel?«

Hector nickt.

»Ich zeige es dir, wenn wir wieder oben sind.«

7

Fred Feuerstein

»Sag mal, tickst du noch ganz sauber?«, werde ich sofort von Kim angepflaumt, als ich wieder in der Lobby auftauche. Hector trage ich in der Hosentasche, getarnt mit meinem Pulli, den ich mir ausgezogen und um die Hüften geschlungen habe.

»Du kannst doch nicht einfach mitten in der Probe abhauen! Wir stehen hier alle wie die Doofen rum und warten auf dich!«

Jetzt kommt auch Marianne dazu.

»Wirklich, Tessa, so geht das nicht! Wo warst du denn?«

»Ich … äh … musste mal ganz dringend zur Toilette«, schwindle ich. Wobei das wirklich nur halb geschwindelt ist, denn natürlich sind im Spa-Bereich auch Toiletten.

»Das ist ja wie im Kindergarten! Wenn es losgeht, muss einer zur Toilette!« Marianne schüttelt den Kopf.

»Tut mir leid!«, gebe ich mich schuldbewusst.

»So ein Quatsch!«, flüstert Hector. »Als ob das lebenswichtig wäre, wann diese blöde Probe weitergeht!«

Ich klopfe von außen leicht auf meine Hosentasche, damit er die Klappe hält. Bisher scheint ihn außer mir zwar niemand zu hören, aber wir müssen es ja nicht unbedingt darauf ankommen lassen. Tatsächlich verstummt die Maus und ich stelle mich wieder auf meine Markierung.

Kim geht zu Jay, der sich kurz zu mir umdreht. Bilde ich mir das ein oder lächelt er mich aufmunternd an? Für den Fall, dass ich es mir nicht einbilde, lächle ich zurück und fange mir dafür einen wirklich bösen Blick von Kim ein. Okay, meine beste Freundin wird das wohl nicht mehr!

»Alle bereit?«, ruft Enrico, der wieder hinter seinem Mischpult steht. Wir nicken. Ja, alle bereit! Sofort setzt die Musik ein, kurz vor der Stelle, an der wir eben aufgehört haben. Jay und Kim tanzen miteinander und sehen dabei aus, als hätten sie ihr gesamtes Leben lang nichts anderes getan. Und dann – schüttelt Jay das Collier einfach so aus dem Ärmel! Im wahrsten Sinne des Wortes! Cooler Trick – wie hat er das bloß gemacht? Auch Marianne scheint diesmal zufrieden zu sein, jedenfalls kann ich sehen, dass sie lächelt und Enrico zunickt.

Der Rest der Probe läuft genauso gut wie Jays Collier-Trick – jede von uns trifft ihren Einsatz, selbst ich komme unfallfrei mit Gitarre durch den gesamten Song, und als die letzten Takte vom Band verklungen sind, applaudiert Marianne sogar. Enrico und Herr Lindström schließen sich an und ich kann gar nicht anders, als wie ein Honigkuchenpferd über das ganze Gesicht zu strahlen. Das hat Spaß gemacht!

»Wie lange dauert dieses Rumgehüpfe denn noch?«, fiept es aus meiner Hosentasche. »Ich will dir endlich meine Beweise zeigen, stattdessen muss ich mir dieses wirklich bekloppte Lied anhören! Fürchterlich!«

»Pssst!«, zische ich. »Wir gehen hoch, wenn ich es sage!«

»Ach, bist du jetzt auf einmal der Chef hier, oder wie?«, fiept Hector unbeeindruckt weiter.

»Nein, ich bin nicht *auf einmal* Chef, ich bin es schon die ganze Zeit!«, flüstere ich in Richtung meine Hosentasche.

»Ha! Als ob!«

Die Maus quiekt dabei so schrill, dass nun offenbar auch die anderen etwas mitbekommen haben. Mia jedenfalls kommt von ihrem Keyboard zu mir rüber und mustert mich.

»Sag mal, was ist denn das für ein komisches Geräusch, Tessa?«

Ich setze ein möglichst harmloses Gesicht auf und zucke mit den Schultern.

»Was denn?«

»Na, wie eine Rückkopplung oder so. Irgendwie so ein hohes Pfeifen.«

Mist! Sie hat es wirklich gehört! Wo ist eine gute Ausrede, wenn man sie braucht? Wobei – beim Stichwort *Rückkopplung* fällt mir tatsächlich etwas ein.

»Ach, vielleicht hatte ich noch meine Kopfhörer eingestöpselt. Ich meine, in mein Smartphone. Wenn ich dann zu nah an die Boxen komme, fangen die vielleicht an zu pfeifen.«

Mia runzelt die Stirn.

»Echt?«

Ich nicke.

»Bestimmt. Muss ich nächstes Mal drauf achten.«

»Na, Privatgespräche?« Marianne hat sich neben uns gestellt. »Wir sind gleich fertig, dann könnt ihr die gern führen. Aber jetzt bitte noch einen Moment Geduld!«

»Natürlich!«, sage ich und ziehe meinen Pullover noch etwas fester über meine Hosentasche.

»Hey, was soll das?«, keucht Hector. »Ich kriege keine Luft mehr!«

Mia runzelt die Stirn.

»Da! Das Geräusch meinte ich!«

Ich hebe unschuldig die Hände.

»Tut mir leid«, behaupte ich, »ich höre nichts.«

»Ich auch nicht«, sagt Marianne und schüttelt den Kopf. »Aber ich sehe schon – die Konzentration ist dahin. Wir machen für heute Schluss. Morgen früh um sieben Lichtprobe, danach geht es in die Maske. Direkt im Anschluss Generalprobe und dann fangen wir an zu drehen. Also, bitte früh ins Bett gehen, ich will morgen keine zerknautschten Gesichter sehen. Noch Fragen?«

»Bloß nicht!«, quiekt Hector in meiner Hosentasche. »Ich will sofort aufs Zimmer!« Ich ertaste durch meinen Pullover seinen Schwanz und kneife ihn kurz, damit er endlich still ist. Mia scheint diesmal allerdings nichts gehört zu haben. Jay hebt kurz die Hand.

»Ick habe tatsächlick noch ein' Frage: Treffen wir uns noch an der Bar? Jemand Lust?«

Marianne rollt mit den Augen.

»Jay, welchen Teil von *also, bitte früh ins Bett gehen* hast du nicht verstanden? Hier geht niemand an die Bar, sondern alle brav nach oben. Die Damen sind übrigens auch noch zu jung, um hier einen Cocktail zu trinken. Wir wollen doch keine schlechte Presse, oder?«

Schulterzucken bei Jay.

»Schade. Dann gut' Nackt!« Er winkt kurz in die Runde. »Bis morgen – ick freu mir schon!« Und schon wieder habe ich das Gefühl, dass mich Jay gerade ganz zauberhaft anlächelt!

***

»Alter Schwede, ich dachte schon, diese Probe hört nie wieder auf!« Hector ist, kaum dass ich die Zimmertür hinter uns geschlossen habe, aus meiner Hosentasche gehüpft und läuft nun motzend in der Suite auf und ab. »Ich meine, was gibt es denn an diesem Liedchen zu üben? Das ist doch eine Sache von fünf Minuten, dann sitzt das Ding!«

»Bei einem erfahrenen Showman wie dir vielleicht«, ätze ich, »aber bei *Gimme Four*, die jede Woche zusammen auf der Bühne stehen, dauert es eben etwas länger. Die haben einfach nicht deine Übung.«

Hector bleibt stehen und guckt mich an.

»Willst du mich verschaukeln?«

»Ich? Dich? Auf keinen Fall. Das war nur der zarte Hinweis, dass Mia, Alex und Kim Profis sind und jede Menge Erfahrung haben, wie man so einen Videodreh am besten vorbereitet, während du ehrlicherweise einfach ein freches Haustier bist und von Musik überhaupt keine Ahnung hast.«

Empörtes Luftschnappen bei der Maus.

»Ich bin kein …«

»Ja, ja, ich weiß«, schneide ich ihr das Wort ab, »du bist eine mongolische Rennmaus. Aber ich habe mal gegoogelt: Mongolische Rennmäuse bekommt man in jeder gut sortierten Zoohandlung. So etwas Besonderes bist du also auch wieder nicht. Jetzt halt mir keine langen Vorträge, sondern zeig mir einfach, was du gefunden hast!«

Kawumm! Jetzt habe ich es ihm aber mal gegeben! Kann ja wohl nicht sein, dass ich hier ständig von einer Maus herumkommandiert werde. Hectors Schnurrhaare zittern, aber er sagt kein Wort mehr. Stattdessen flitzt er zum Sofa, taucht unter eines der Kissen und befördert kurz darauf ein kleines schwarzes Stoffsäckchen zutage.

»Hier!«, ruft er. »Wirf da mal einen Blick rein!«

Ich komme zum Sofa und nehme den Beutel in die Hand. Er ist aus Samt und mit einer glänzenden schwarzen Kordel verschlossen und – er ist überraschend schwer! Vorsichtig ziehe ich die Kordel auf und schaue nach, was sich in dem Beutel befindet.

»Hm, ein Feuerzeug, würde ich sagen.« Ich greife in das Säckchen und ziehe einen schwarzer Block aus Plastik heraus. Wie ein Stabfeuerzeug, nur ohne Stab.

»Ein Feuerzeug?« Hector klingt enttäuscht. Dann krabbelt er mir auf den Schoß, um sich sein Beweisstück näher anzusehen. »Guck mal, da steht doch was drauf«, stellt er fest. »Lies mal vor!«

Ich nehme das Feuerzeug in die Hand. Es ist ziemlich schwer und hat auf der Oberseite einen geschwungenen Schriftzug.

»Also, der Besitzer heißt schon mal Walther«, stelle ich fest.

»Wie kommst du darauf?«, will Hector wissen.

»Sein Name steht hier: *Walther.* Und dann steht da noch *P99 CAL. 9MM.*«

»Ein Code?«

»Keine Ahnung«, gebe ich zu. »P99 CAL – vielleicht 99 Kalorien? Aber was hat das auf einem Feuerzeug zu suchen? 9MM könnte ja vielleicht September bedeuten, Datumsangaben in Formularen sind für den Monat ja häufig mit MM gekennzeichnet.«

Am Zucken der Schnurrhaare von Hector kann ich erkennen, dass er nachdenkt.

»Kalorien? Monate? Nee, das ist doch Quatsch. Warum sollte das jemand in sein Feuerzeug eingravieren lassen? Das muss was anderes bedeuten.«

Ich drehe das Feuerzeug in meiner Hand. Dabei sehe ich etwas Seltsames: Auf der schmalen Seite befinden sich acht kreisrunde Löcher, die mit Ziffern von 5 bis 15 versehen sind – allerdings nicht der Reihenfolge nach. Hector schnuppert mit seinem spitzen Näschen darüber. Und dann: setzt er sich auf einmal kerzengerade hin und reißt die Augen auf.

»Ach, du grüne Neune! Das ... das sind Patronen! In dem Ding stecken Patronen! Das ist kein Feuerzeug, das ist das Magazin einer Pistole, Tessa!«

Wirklich? Vor Schreck lasse ich das schwarze Teil fallen. Hector schlägt sich mit der Pfote vor den Kopf.

»Ja, natürlich! Wir Vollidioten! *Walther!* Das isses! Das ist das Magazin einer Walther P99, Kaliber 9 Millimeter!«

»Walter P99?«, echoe ich. »Eine Pistole?«

»Ja, ganz sicher. Ich schaue ganz gern mal Fernsehen, wenn ich mich in einer Wohnung aufhalte, und da habe ich den Namen in Krimis und Actionfilmen schon häufiger gehört. Das ist eine gängige Marke bei Pistolen. Und Kaliber bezeichnet die Größe der Patronen. In diesem Fall eben neun Millimeter.«

Ich merke, dass ich einen ganz trockenen Mund bekomme.

»Aber ... aber ... warum sollte denn jemand Munition in mein Zimmer bringen?«

Hector seufzt.

»Ich denke, dass das hier eigentlich gar nicht dein Zimmer ist.«

»Wie meinst du das?«

»Ist doch logisch: Die Typen, die die Koffer und das andere Zeug hier reingebracht haben, dachten, dass dies das Zimmer von jemand anderem ist. Irgendwann haben sie ihren Irrtum bemerkt und alle Sachen wieder rausgeräumt. *Fast* alle Sachen. Denn diesen Beutel hatte ich in der Zwischenzeit versteckt.« Er holt Luft und dann klingt er fast, als würde er schluchzen – sehr dramatisch! »Ich dachte mir schließlich schon, du willst Beweise sehen, dass wirklich Fremde in deinem Zimmer waren. Beweise! Von mir, deinem besten Freund!«

Ich verdrehe die Augen.

»Seit wann bist du denn mein bester Freund?«

Wieder zittern die Schnurrhaare. Aber diesmal, weil Hector zu kichern scheint. Oder bilde ich mir das ein?

»Na, sagen wir mal so: Ich glaube, hier in Berlin bin ich zumindest dein einziger Freund. Und damit auch dein bester. Logisch, oder?«

Nein, ich bilde mir das nicht ein – eben noch den Tränen nahe, rollt sich Hector nun auf dem Sofa vor Lachen. Haha, sehr komisch! Ich beschließe, über diese Unverschämtheit einfach hinwegzugehen.

»Okay, Hector, ich glaube dir, dass Fremde in meinem Zimmer waren und erst Gepäck gebracht und dann wieder rausgeholt haben.«

»Richtig. Und in der Zeit dazwischen habe ich mir die ganzen Sachen genauer angesehen und bin auch in die Tasche reingeklettert, die sie mit den Koffern dagelassen hatten. Und in der Tasche lag dieser Beutel. Der hatte genau die richtige Größe für mich und eine Schnur, an der ich ihn herausziehen konnte. Ist mit Pfoten alles gar nicht so leicht, das kannst du mir glauben!«

Puh! Das ist jetzt alles wirklich sehr seltsam. Und Hector hat recht: Wer auch immer die Typen waren, sie müssen geglaubt haben, dass jemand anderes in dieser Suite untergebracht wäre. Ich überlege – wer hatte noch gleich eine Bemerkung über dieses Zimmer gemacht? Richtig: Mia. *Eine Suite bekommt normalerweise nur Marianne.* So etwas in der Richtung hatte sie, glaube ich, gesagt.

»Hey!« Hector zupft sich mit der Pfote an seinem Ohr. »Denkst du das Gleiche wie ich?«

»Was denkst du denn?«

»Ich denke, dass wir hier einer richtig großen Sache auf der Spur sind. Und es passt zu meinem Verdacht, dass mit der Band etwas nicht stimmt. Ich glaube, das hängt alles irgendwie zusammen.«

Noch vor einer Stunde hätte ich gesagt, dass sich die Maus das alles einbildet. Aber nun, mit einem Waffenmagazin vor der Nase und ungebetenem Besuch auf meinem Zimmer, sieht das schon wieder anders aus. Ich hole tief Luft und drehe meinen Kopf so, dass ich Hector, der immer noch auf meiner Schulter sitzt, gut sehen kann.

»Vielleicht hast du doch recht. Mia war vorhin überrascht, dass ich eine Suite habe. Sie meinte, dass sonst nur Marianne eine bekäme. Wenn es eine Verwechslung bei der Zimmerverteilung gegeben hat, dann wollten die Typen nicht zu mir, sondern zu Marianne.«

Hector seufzt.

»Leider konnte ich nicht in die anderen Koffer schauen, die waren mit Schnappschlössern gesichert – keine Chance, die aufzubekommen!«

»Aber dann weiß ich, was wir jetzt machen«, sage ich und klinge dabei hoffentlich so energisch, wie ich mich gerade fühle.

»Ja? Was denn?«

»Ist doch klar: Wir überprüfen unsere These. Wir gehen zu Marianne, du versteckst dich wieder in meiner Hosentasche. Ich denke mir irgendeinen Vorwand aus, und wenn sie uns reinlässt, schaust du, ob du irgendwo in ihrem Zimmer die Koffer und die Tasche siehst. Dann wissen wir, ob es wirklich einen Zusammenhang zwischen *Gimme Four* und der Munition gibt. Oder ob das alles nur Zufall ist und irgendwelche anderen Hotelgäste durch ein Versehen der Rezeption meine Zimmerkarte bekommen haben.«

»Aye, aye, Sir!« Die Maus salutiert auf meiner Schulter, diesmal allerdings verliert sie dabei wirklich ihr Gleichgewicht, und ich kann sie gerade noch auffangen, bevor sie kopfüber auf die Nase fällt.

»Vorsicht!«, rufe ich, dann stecke ich das kleine Fellknäuel ganz behutsam in meine Hosentasche und ziehe den Pullover wieder ein Stück darüber. »Kannst du so etwas sehen?«

»Ja, kein Problem«, antwortet Hector. »Dann mal nichts wie los! Ich bin mir ziemlich sicher, dass wir die Koffer auf ihrem Zimmer finden. Dann lenke ich Marianne irgendwie ab und du guckst nach, was in den Koffern ist!«

»Guter Plan! Von mir aus zieh wieder deine *Mäuse-im-*

Luxushotel-Nummer ab. So wie ich Marianne einschätze, beschwert sie sich auch gleich bei der Rezeption. Dann hätte ich genug Zeit, mich auf ihrem Zimmer umzusehen.«

»Hervorragend!«, antwortet Hector vergnügt. »Genau so machen wir es!«

8

Hausdurchsuchung

So perfekt unser Plan auch ist, er hat einen entscheidenden Nachteil: Er funktioniert nicht. Weder öffnet uns Marianne ihre Tür noch irgendeines der Mädchen. Ich drücke die Klingeln, die neben den Zimmertüren angebracht sind, ich klopfe, ich rufe laut – keine Reaktion!

»Das gibt's doch nicht!«, schimpfe ich vor mich hin. »Ich denke, die sollten früh ins Bett gehen.«

»Vielleicht sind sie doch mit diesem schmierigen Jay an die Bar gegangen?«, mutmaßt Hector.

»Erstens: Glaube ich nicht. Zweitens: Jay ist nicht schmierig«, erwidere ich.

»Oho!«, fiept Hector. »Ich dachte, du interessierst dich für Timo!«

»Hä? Was hat denn nun Timo damit zu tun?«

»Ist doch wohl klar: Wenn du nicht erkennst, wie schmierig Jay ist, dann scheinst du ihn ja sehr zu mögen. Und nach meiner Kenntnis über das menschliche Paarungsverhalten mag man in der Regel jeweils nur einen anderen Menschen so gern, dass man über seine Mängel locker hinwegsieht. Wenn du also Jay gerade so magst, dann sind deine Gefühle für Timo wohl abgekühlt.«

»Bist du jetzt auch noch Spezialist für menschliche Beziehungen?«, maule ich.

»Du gibst es also zu?«

»Was gebe ich zu?«

»Na, dass du auf der Suche nach einer Beziehung bist.«

What? Was ist denn bei dieser Maus verkehrt?

»Wie kommst du auf diese abwegige Idee?«

»Weil du hier gleich von Beziehungen gesprochen hast. Obwohl ich das Wort gar nicht in den Mund genommen habe.«

»Hector, Mann, können wir uns jetzt bitte mal auf das Wesentliche konzentrieren? Ich dachte, wir wollten herausfinden, was es mit dem Magazin auf sich hat und ob es da wirklich eine Verbindung zu Marianne und der Band gibt. Stattdessen zerbrichst du dir hier über meinen Beziehungsstatus den Kopf. Der dich im Übrigen überhaupt nichts angeht!«

»'tschuldigung!« Die Maus klingt jetzt tatsächlich ein bisschen kleinlaut. »Dann machen wir mal weiter mit unseren Ermittlungen. Die sich allerdings ohne Zutritt zu Mariannes Zimmer äußerst schwierig gestalten werden.«

Mir kommt eine Idee.

»Wir könnten doch zumindest mal einen Blick in eins der anderen Zimmer werfen. Wenn mit *Gimme Four* etwas nicht stimmt, finden wir dort vielleicht einen Hinweis.«

»Und wie soll das gehen? Willst du die Türen eintreten? Sondereinsatzkommando Tessa Neumann schlägt zu?«, stichelt Hector.

Ich muss grinsen, hole das kleine Kerlchen vorsichtig aus meiner Hosentasche und halte es mir vors Gesicht.

»Nicht doch, Kumpel. Das wäre auch viel zu auffällig. Nein, ich werde dir gleich mal demonstrieren, dass auch ich kaltblütig und gerissen sein kann!«

»Da bin ich aber gespannt! Kaltblütigkeit und Gerissenheit bringe ich jetzt nicht unbedingt mit dir in Verbindung, aber ich lasse mich gern überraschen.«

Ich stecke Hector wieder in meine Tasche und fahre mit einem der Fahrstühle ins Erdgeschoss. Dort angekommen, gehe ich zur Rezeption und wende mich an einen jungen Mann, der mich gleich mit einem freundlichen »Guten Abend« begrüßt.

»Wie kann ich Ihnen helfen?«, will er dann von mir wissen.

»Ich habe mich leider aus dem Zimmer ausgesperrt«, erkläre ich ihm. »Kim Sander ist mein Name, Zimmernummer 507. Könnten Sie mir vielleicht eine neue Karte geben?« Dann lächle ich so gewinnend wie möglich und hoffe, dass der Rezeptionist meine Geschichte kauft.

»Natürlich, Frau Sander, kein Problem. Ich codiere Ihnen eine neue Karte.«

Er tippt auf seiner Computertastatur herum und händigt mir kurz darauf eine neue Zimmerkarte aus.

»Vielen Dank!«, sage ich höflich und stecke die Karte in meine andere Hosentasche.

»Gerne. Und einen schönen Abend noch!«

»Danke! Ich werde einfach früh ins Bett gehen. Wir drehen morgen unser Video in der Lobby weiter, da muss ich fit sein«, versuche ich mich noch ein wenig in Small Talk, um ganz natürlich zu wirken.

»Bist du irre?!«, höre ich Hector aus meiner Tasche flüstern. »Was quatscht du noch mit dem? Ab nach oben mit der Karte, bevor er noch Verdacht schöpft!«

Ich ignoriere die Maus.

»Ach, dann gehören Sie zu dieser Band? *Gimme Four*?«, fragt der Rezeptionist interessiert nach.

Ich nicke stolz.

»Warten Sie, dann müssen Sie mir etwas signieren. Meine Nichte hat mir extra ein Poster aus der BRAVO mitgegeben! Ich hole schnell das Heft.«

»Oh, Mann, bloß weg hier!«, quietscht Hector. »Wenn der dich als Kim Sander auf dem Poster sucht, sind wir geliefert!«

Mist – ich fürchte, diesmal liegt er goldrichtig mit seiner Besserwisserei!

»Ich … äh …«, stammle ich und merke, wie mir das Blut in den Kopf schießt, »ich bin tatsächlich furchtbar müde. Die Proben … die vielen Gespräche mit Fans … Sie wissen schon … Ich muss jetzt sofort ins Bett.«

Der junge Mann sieht enttäuscht aus. Vermutlich hält er mich jetzt für eine eingebildete Zicke mit Starallüren. Großartig, Tessa Neumann! Gleich bei deinem ersten Einsatz für *Gimme Four* den Ruf der Band zerstört! Ich versuche also, die Situation zu retten.

»Tut mir echt leid! Ich verspreche aber, dass ich Ihnen morgen ein Autogramm vorbeibringe. Von uns allen! Und ich leg noch eine CD dazu für Ihre Nichte!«

Nun strahlt der Rezeptionist von einem Ohr zum anderen.

»Oh, das ist aber nett. Vielen Dank! Falls ich nicht da bin: Ich heiße Murat Varol, die Kollegen geben es mir dann. Meine Nichte heißt Sarah, mit H am Ende. Also, wenn Sie *Für Sarah* draufschreiben könnten, wäre das toll.«

»Klar, machen wir«, flöte ich und wende mich zum Gehen. »Tschüss!« Ob Murat Varol dazu noch etwas sagt, höre ich nicht mehr, denn ich verschwinde, so schnell ich kann, wieder zu den Fahrstühlen.

»Das war knapp!«, kommentiert Hector meinen Abgang, als wir auf unserer Etage angekommen sind.

»Hauptsache, wir haben jetzt eine funktionierende Zimmerkarte«, halte ich dagegen.

»Stimmt schon, aber wenn das schiefgegangen wäre, hätten wir jetzt ein Riesenproblem. Du musst echt noch die goldene Mitte zwischen *Ich sag nie was* und *Ich rede mich um Kopf und Kragen* finden.«

Wie kann es eigentlich sein, dass ich ständig von einer mongolischen Rennmaus belehrt werde? Ich entscheide mich für die Variante *Ich sag nie was* und halte wortlos die neue Karte vor das Scannerfeld unter der Türklinke. Es macht »klick«, dann springt die Tür einen Spalt auf und ich kann sie ohne Probleme öffnen.

»Cool!«, freut sich Hector. »Und Ehre, wem Ehre gebührt: Dieser Teil deines Plans klappt schon mal 1a. Wenn wir jetzt noch einen Hinweis finden, der uns in der Frage weiterbringt, was hier eigentlich gespielt wird, bist du Sherlock Holmes wirklich dicht auf den Fersen.«

Das Zimmer von Kim ist viel kleiner als meine Suite, aber vor allem ist es eins: total unordentlich! Überall fliegen Klamotten rum, sie hat offenbar sämtliche Süßigkeiten und allen Knabberkram aus der Minibar aufgefuttert, denn auf ihrem Nachttisch stapeln sich die Verpackungen. Vor dem Fenster steht ein Notenständer, darauf die Blätter unserer Songtexte, daneben ein kleiner schwarzer Koffer. Was da wohl drin sein mag? Ein Mikrofon? Ein Aufnahmegerät?

»Mach doch mal auf!«, ruft Hector und trippelt aufgeregt vor dem Köfferchen auf und ab. Ich knie mich hin und nehme den Koffer auf meinen Schoß. Als ich die Knöpfe am Schnappschloss links und rechts drücke, springt das Schloss gleich auf und ich kann den Deckel hochklappen.

»Und? Was ist drin?«, fiept mein mongolischer Freund und springt nervös hoch, um selbst einen Blick in den Koffer zu werfen. Dafür kommt er allerdings nicht hoch genug, sodass er darauf angewiesen ist, zu erfahren, was ich sehe. Und ich sehe: eine Pistole! Im Inneren des mit schwarzem Samt ausgeschlagenen Koffers liegt tatsächlich eine Waffe!

Es läuft mir kalt den Rücken hinunter – Kim hat eine Waffe und es ist mit Sicherheit keine Spielzeugpistole!

»Erde an Tessa!«, mosert Hector. »Was ist in dem Koffer?«

»Eine Pistole!«, krächze ich, weil ich mit einem Mal schon wieder einen ganz trockenen Mund habe. »Warum bewahrt denn Kim eine Pistole bei sich auf?«

Hector schnaubt.

»Ist doch wohl logisch: weil sie im Zweifel ab und zu eine Waffe braucht und dann auch einsetzt. *Gimme Four* ist also keine Band, sondern eine Bande! Und zwar eine bewaffnete! Ich wusste doch – mit denen stimmt etwas nicht!«

Vorsichtig klappe ich den Deckel des Koffers wieder zu. Ich kann es nicht fassen – wo bin ich da nur reingeraten? Dann keimt in mir ein Verdacht auf. Ein wirklich unglaublicher Verdacht!

»Und was ist mit unserem Videodreh? Meinst du etwa, *Gimme Four* nutzt den nur, um damit von irgendwelchen anderen Aktivitäten abzulenken?«

»Keine Ahnung. Aber mit rechten Dingen geht das hier garantiert nicht zu, sonst hätten dir doch deine neuen Kolleginnen auch ruhig davon erzählen können.« Hector stemmt die Pfoten in seine Mäusehüften und sieht jetzt sehr energisch aus. »Oder denkst du, dass die alle 'ne Waffe tragen, weil der Job in einer Schülerband so gefährlich ist? Glaubst du doch wohl selbst nicht! Wahrscheinlich sitzt diese Ella auch gar nicht in Singapur, sondern im Knast!«

Obwohl mir eigentlich gar nicht danach zumute ist, muss ich grinsen. Ella im Knast – da könnte sie glatt *Jailhouse*

Rock covern, ein sehr altes, aber auch sehr schönes Lied von Elvis Presley, dem absoluten Lieblingssänger meines Vaters.

»Tja, ich wüsste auch zu gern, wo die gerade alle stecken«, sage ich und sehe mich weiter im Zimmer um. Dabei entdecke ich auf dem Schreibtisch einen kleinen Notizblock. Auf dem obersten Blatt des Blocks steht zwar nichts geschrieben, dafür liegt ein Bleistift daneben.

»Hey, aber vielleicht finde ich das gleich heraus!«, erkläre ich dem verdutzten Hector und gehe zum Schreibtisch. Dann schnappe ich mir den Bleistift und schraffiere damit ganz vorsichtig und ohne den Stift aufzudrücken das oberste Blatt. Es funktioniert! Eine Schrift erscheint, ganz schwach zwar, aber gut lesbar: *Gendarmenmarkt, 21 Uhr*. Eindeutig! Vor Freude mache ich einen Luftsprung.

»Hey, ich weiß, wo wir suchen müssen! Und wann! Am Gendarmenmarkt um neun Uhr.«

»Wie kommst du darauf?«

»Hier«, wedle ich mit dem abgerissenen Blatt vor Hectors Nase hin und her. »Alter Detektivtrick. Ich habe nämlich auch schon relativ viele Krimis im Fernsehen geschaut! Wenn jemand auf einen Block schreibt, drückt der Stift meistens auf das Blatt darunter durch. Und wenn man dieses Blatt dann vorsichtig mit einem Bleistift schraffiert, kann man sehen, was auf dem Blatt darüber geschrieben stand.«

Hector nickt anerkennend.

»Nicht schlecht, Herr Specht! Wie viel Uhr haben wir denn jetzt?«

»Kurz vor neun.«

»Vielleicht erwischen wir sie noch. Weißt du, wie wir da hinkommen?«

»Ich nicht. Mein Handy schon.« Ich tippe die Daten in meine Navigations-App ein und sofort wird mir der Weg angezeigt. »Zu Fuß gute zehn Minuten.«

Hector atmet tief durch.

»Okay, dann jetzt aber Hackengas!«

9

Kopfüber in die Nacht!

Wenn ich ehrlich bin, ist für mich die größte Herausforderung bei absolut jedem Navi schon die Frage, wie herum ich es eigentlich halten muss. Dieses Oben-unten-Problem in Kombination mit meiner Rechts-links-Schwäche macht für mich jeden Weg in einer unbekannten Stadt zu einem Abenteuer – auch ohne dass ich jemanden verfolge, der vermutlich eine Pistole dabeihat.

»Hier rechts abbiegen!«, quäkt mein Handy und ich überlege, welches *Rechts* nun wohl gemeint ist. Diese Straße hier um die Ecke oder eher die gegenüberliegende? Hector, der wieder auf meiner Schulter Platz genommen hat, verzweifelt langsam.

»Mann, Tessa, das gibt's doch nicht! So kommen wir da nie hin – genau an dieser Kreuzung waren wir schon vor zwei Minuten.«

»'tschuldigung, aber mein Handy bringt mich ganz durcheinander – ganz zu schweigen von der Tatsache, dass jemand auf meiner Schulter sitzt, der mir ständig ins Ohr trötet!« Ist doch wahr! So kann ich nicht arbeiten!

»Ach, jetzt bin ich schuld, oder wie? Dann ist es vielleicht doch besser, wir gehen getrennte Wege, und ich schaue mal, ob es ab Berlin auch Flüge nach Ulan Bator gibt.«

Mannomann, ist der schnell beleidigt!

»Sorry, so habe ich es doch gar nicht gemeint«, versuche ich, ihn zu besänftigen. Ich hätte zwar gar nichts dagegen, wenn Hector bald seine Reise in die Mongolei antritt – aber gerade finde ich es doch ganz gut, nicht allein klären zu müssen, was hier eigentlich vor sich geht.

»Gut, Entschuldigung angenommen! Aber ich würde vorschlagen, es jetzt mal ganz oldschool-mäßig mit der Routenplanung zu versuchen«, sagt Hector und klingt schon wieder gut gelaunt.

»Oldschool? Wie meinst du das?«, will ich wissen.

»Na, einfach mal jemanden nach dem Weg fragen, anstatt die ganze Zeit auf dein Handy zu starren.«

Ich muss grinsen

»Mann, Hector, jetzt klingst du schon wie meine Mum!«

»Was soll ich sagen – deine Mutter hat recht.«

Ich hasse es, fremde Erwachsene anzusprechen, sehe aber ein, dass es jetzt nicht anders geht.

»Los, Hector, ab in meine Kapuze!«, rufe ich, denn ich möchte mich möglichst unauffällig durch die Stadt bewegen, was mit einer Maus auf der Schulter nicht ganz so einfach ist. Hector gibt einen kurzen Schnüffler von sich und lässt sich dann in die Kapuze meines Pullovers fallen.

»Entschuldigung, können Sie mir bitte sagen, wie ich zum Gendarmenmarkt komme?«, frage ich eine Frau, die mir gerade entgegenkommt und ganz sympathisch wirkt. Sie stoppt und lächelt mich an.

»Klar, das ist hier direkt um die Ecke. Kannst du gar nicht verfehlen. Du musst einfach gleich links in die Behrensstraße und dann nach der Friedrichstraße rechts in die Charlottenstraße. Dann kommst du an der Rückseite des Gendarmenmarkts vorbei. Hast du den schon mal gesehen?«

Ich schüttle den Kopf.

»Du erkennst ihn an zwei sehr imposanten Kuppelbauten, dem Französischen Dom und dem Deutschen Dom. In der Mitte steht das Konzerthaus, auch riesig. Du kannst den Platz also gar nicht verfehlen.«

»Danke schön!«, sage ich höflich. Die Frau nickt mir zu, dann geht sie weiter.

»Alter Falter!«, fiept Hector aus meiner Kapuze heraus. »Einmal links, einmal rechts? Das ist ja total easy, wie kann man sich denn da so verlaufen?«

»Es ist immerhin schon ziemlich dunkel!«, verteidige ich mich.

»So ein Quatsch! Hier ist doch alles hell erleuchtet von lauter Laternen und Geschäften!« Er hört einfach nicht auf zu mosern. »Und wenn wir noch länger brauchen, geht die Sonne bald wieder auf. Deine *Gimme-Four*-Truppe ist bestimmt schon über alle Berge!«

Dazu sage ich nichts mehr. Denn vermutlich hat die Rennmaus leider recht. Gut, dass ich keine Geheimagentin bin. Ich würde vermutlich selbst die einfachsten Missionen total vermasseln.

Kurz darauf stehen wir tatsächlich an dem Platz, den uns die Frau beschrieben hat. Und er ist wirklich sehr eindrucksvoll! Die beiden Kuppeln werden angestrahlt. Die Rückseite des Konzerthauses ist zwar dunkel, aber als ich an ihr vorbei auf die andere Seite des Platzes laufe, stelle ich fest, dass die Vorderseite sogar in verschiedenen Farben angeleuchtet wird – es sieht wunderschön aus! Ich greife in meine Kapuze und krame Hector hervor.

»Guck mal«, flüstere ich, während ich ihn auf meine Handfläche setze und hochhebe. »Weltklasse, oder?«

Hectors Schnurrhaare zittern, er sieht sich um und dreht sich einmal im Kreis. Dabei schnuppert er, hält inne und fängt wieder an zu schnuppern.

»Ja, das hat schon was. Aber wir sind ja nicht auf einem Sightseeing-Trip und wollen die Schönheiten Berlins bewundern. Ich glaube, die Mädels waren gerade noch hier. Vielleicht erwischen wir sie noch!«

»Ehrlich? Woher willst du das wissen?«

»Mias Parfum. Es ist wirklich penetrant und es liegt noch in der Luft.«

»Hm, es könnte auch einfach eine häufige Marke sein. Das hier ist der Vorplatz eines Konzerthauses. Bestimmt kommen hier viele parfümierte Damen entlang.«

Hector schüttelt den Kopf.

»Quatsch. Es ist ja nicht einfach das Parfum. Es ist ihr Eigengeruch, der sich damit mischt. Das gibt dem Ganzen eine unverwechselbare Note. Genau diese Note hat gerade meine ultrasensible Mäusenase passiert. Und zwar von rechts!«

»Ach?« Ich drehe mich zur Seite und starre in die Dunkelheit.

»Das andere Rechts!«, ruft Hector. »Das war links!«

Ich drehe mich um. Aber auch da sehe ich nichts. Also, nichts Verdächtiges. Nur gut gekleidete Menschen, die ihren Pausensekt vor dem Konzerthaus trinken, und ein paar Touris, die Fotos von den hübsch angestrahlten Kuppeln schießen.

»Lass uns weiter in die Richtung gehen«, flüstert Hector so leise, als ob er befürchten würde, dass wir belauscht werden. »Und zwar«, er hält inne und schnuppert noch ein paarmal in der Luft herum, »und zwar genau dorthin, wo dieses Kuppeldings mit den Säulen steht.«

»Welches? Hier stehen zwei.«

»Na, das, an dem wir als Erstes vorbeigekommen sind.«

Aha. Offenbar meint er den Französischen Dom. Ich seufze und laufe auf die Kirche zu, Hector immer noch auf der Hand tragend, damit er weiter seine Nase in den Wind halten kann. Am Dom angekommen, bleibe ich stehen und sehe mich noch mal gründlich um.

»Sie müssen noch hier sein, ich kann Mia ganz deutlich riechen!« Hector klingt aufgeregt – und ich bin es jetzt auch! Ich laufe die Stufen zu dem Portal mit den Säulen hoch und beschließe, mich hinter einer der Säulen zu verstecken. Vielleicht steigert das meine Chancen, Mia, Kim und Alex auf die Schliche zu kommen. Wenn ich hier weiter wie auf dem Präsentierteller rumstehe, werde ich sie garantiert nicht zu sehen bekommen.

Ich steuere die erste Säule von rechts an und hocke mich direkt daneben, Hector setze ich auf den Boden. Ziemlich dunkel hier, aber nach kurzer Zeit haben sich meine Augen daran gewöhnt. Ich starre den Säulengang hinunter. Hat sich da nicht etwas bewegt? Vorsichtig lehne ich mich nach vorn und schaue noch mal genauer hin.

»Was machst du?«, flüstert Hector.

»Ich glaube, ich habe da was gesehen«, flüstere ich zurück.

»Faszinierend! Ihr Zweibeiner könnt wirklich besser sehen als riechen! Wie macht ihr das bloß?«

»Gegenfrage: Wie kommt es, dass du jemanden riechen kannst, bevor er überhaupt in Sichtweite ist?«

Die Antwort kann ich leider nicht mehr abwarten, denn jetzt erkenne ich eindeutig einen Schatten, der sich am anderen Ende des Säulengangs bewegt. Ich stehe auf und gehe ein paar Schritte in die Richtung, in der ich den Schatten gesehen habe.

»Hey, und was ist mit mir?«, zischt mir Hector hinterher. Ich drehe mich zu ihm um.

»Wieso? Du hast doch sogar vier Beine, nicht nur zwei! Also, folge mir einfach!«

»Aber wenn du mich trägst, dann kann ich deutlich besser sehen, was hier vor sich geht! So auf Augenhöhe von Zweibeinern!«

»Nee, das ist mir zu gefährlich! Ich kann dich nicht die ganze Zeit in der Hand rumschleppen, in meiner Hosentasche siehst du auch nicht besser als auf dem Boden und aus meiner Kapuze kannst du viel zu leicht herausfallen, wenn ich losrenne. Du bleibst besser unten.«

»Aber …«

»Nix *aber*. Jetzt macht jeder das, was er am besten kann: ich gucken, du riechen.«

Hector schnauft und kommt zu mir getrippelt. Ich starre mit zusammengekniffenen Augen auf das andere Ende der Säulenreihe. Da! Da steht eindeutig jemand zwischen zwei Säulen. Jetzt scheint er sich zu bücken und etwas auf den Boden zu legen. Kaum hat er das getan, löst sich ein zweiter Schatten aus der Dunkelheit und bewegt sich auf Schatten Nummer 1 zu. Sehr spooky!

»Und jetzt?«, will Hector wissen.

»Ich überlege, wie ich da unauffällig rüberkomme. Auf der anderen Seite sind nämlich zwei Leute und ich will wissen, wer das ist.«

»Und wenn ich hinlaufe? Auf eine Maus wird hier niemand achten, dafür ist es schon zu dunkel. Wenn es die Mädchen sind, finde ich das heraus.«

»Gute Idee!«

»Okay!«

Ich sehe noch, wie Hector an mir vorbeihuscht, dann ist er in der Dunkelheit verschwunden. Kurz darauf bricht auf dem Platz vor den Säulen ein Höllenlärm aus: Zwei ziemlich kleine, aber dafür mächtig laute Hunde versuchen, sich unter Bellen und Knurren von der Leine ihrer Besitzerin loszureißen.

»Yasha! Pelle!«, ruft die und zerrt hektisch an den Hundeleinen. »Spinnt ihr? Hört sofort auf mit dem Theater!«

Aber Yasha und Pelle denken gar nicht daran, Ruhe zu geben. Stattdessen kläffen und zerren sie weiter.

»Was habt ihr denn? Da ist doch niemand, ihr doofen Terrier!«, schimpft die Frau und versucht, ihre Hunde von der Treppe des Kirchenportals wegzuziehen. Na, wenn die wüsste! Ich bin mir sehr sicher, dass Yasha und Pelle sofort bemerkt haben, was die meisten Menschen bei diesen Lichtverhältnissen nicht sehen können: einen herumwuselnden Hector! Gut, dass die Hunde angeleint sind!

In diesem Moment höre ich ein leises Knacken.

»Scheiße!«, schreit die Hundebesitzerin laut und schlägt sich die Hand vor den Mund. Die Terrier rasen los und werden offensichtlich nicht mehr von einer Leine zurückgehalten. Sie stürzen die Stufen hoch und rennen auf die Säulen zu. Endlich löst sich die Frau aus ihrer Schockstarre und läuft hinter ihren Hunden her. Als sie dabei durch den Scheinwerferstrahl kommt, erkenne ich, was das Problem ist: In der einen Hand hält sie den Plastikgriff einer Flexi-Rollleine – so ein Ding, in dem sich die Hundeleine aufrollen kann, wenn man den Hund kürzer halten will, und umgekehrt. Sehr praktische Sache – es sei denn, die Plastikspule zerbricht. Wie anscheinend hier soeben geschehen.

Ein schrilles Quietschen jagt mir einen Schauer über den Rücken. War das etwa Hector? Haben ihn die Terrier zu fassen bekommen? Sofort komme ich aus der Deckung und flitze, so schnell ich kann, zu den Säulen hinüber, bei denen nun auch die Terrier angekommen sind.

»Haut ab, ihr blöden Köter!«, schreie ich und fuchtle wild mit den Händen, um sie zu verscheuchen. Das ist allerdings gar nicht so einfach, denn die Hunde geben sich komplett unbeeindruckt. Mit gefletschten Zähnen und lautem Knurren rennen sie zwischen den Säulen hin und her – sie sind auf der Jagd, das ist eindeutig. Wieder quiekt es laut und angsterfüllt, und auch wenn ich Hector bei dieser wilden Hatz nicht sehen kann, bin ich mir ganz sicher, dass es für ihn gerade um Leben und Tod geht.

Verzweifelt versuche ich, einen der Hunde zu fassen zu kriegen – und stolpere dabei über ein Hindernis, das ich nicht rechtzeitig gesehen habe. Verdammt! Ich habe so viel Schwung, dass ich im hohen Bogen direkt auf die nächste Säule zusegle, und erkenne noch im Flug, dass es sich bei dem Hindernis um eine Leine handelt, mit der die beiden Terrier verbunden sind. Die Säule kommt unausweichlich näher …

»Hoppla, Tessa!« Statt eines Knalls höre ich eine vertraute Stimme. »Na, hast du eine Gluck, dass ick hier gerade stehe! Sso akrobatische Ubungen sollte man nickt ohne Absicherung trainieren.«

Statt gegen die Säule bin ich direkt in Jays Arme geflogen, der plötzlich wie aus dem Nichts aufgetaucht ist. Er hält mich noch einen Moment fest, dann stellt er mich vorsichtig auf meine Füße und grinst mich an. In der Zwischenzeit hat die Hundebesitzerin ihre beiden wild gewordenen Kampfterrier eingefangen und auf den Arm genommen. Kopfschüttelnd kommt sie auf uns zu.

»Oh, mein Gott, es tut mir so leid!«, ruft sie und schüttelt immer wieder den Kopf. »Ich weiß gar nicht, wie das passieren konnte. Yasha und Pelle müssen irgendwas gewittert haben, das ihnen nicht geheuer war. Die sind sonst soooo lieb!« Sie guckt die beiden Hunde an und schüttelt sie ein bisschen. »Und außerdem ist die Leine neu – eine Flexi-Doppelrollleine, damit die beiden sich nicht immer verheddern. Und nun bricht da glatt die Drehtrommel ab! Das ist mir sehr unangenehm!«

»Na«, lacht Jay, »ick war ja zu' reckte Zeit an de' reckte Ort! Also, nix passiert!«

Ich bin nicht ganz so fröhlich. Denn ich mache mir riesige Sorgen um Hector. Gesehen habe ich ihn noch nicht, aber wenn die Terrier ihn erwischt haben, dann ist er vielleicht schwer verletzt und braucht dringend meine Hilfe! Unsicher sehe ich mich um.

»Alles in Ordnung?«, erkundigt sich die Frau.

»Äh, ja, ja. Ich …«, stammle ich, weil ich ihr schlecht erzählen kann, dass ich auf der Suche nach einer mongolischen Rennmaus bin, die mir dabei helfen wollte, zwei verdächtige Personen zu identifizieren, und die nun möglicherweise von ihren beiden Killerhunden ins Jenseits befördert wurde.

»Ick kummere mick um die junge Dame, kein' Sorge!«, erklärt Jay fröhlich. Die Frau nickt erleichtert.

»Tja, dann …«, sagt sie und lächelt mich an, »wenn es für dich in Ordnung ist, dann bringe ich meine beiden Racker mal nach Hause. Bitte entschuldige noch mal!«

Ich nicke.

»Schon okay. War ja keine Absicht.«

Die Frau winkt uns zu, dann dreht sie sich um und geht mit ihren Hunden davon. Ich atme tief durch und mustere den Boden zwischen den Säulen.

»Suchst du was, Tessa?«, fragt Jay neugierig.

»Ich glaube, ich habe meine Schlüsselkarte verloren«, behaupte ich und ziehe mein Handy aus der Hosentasche, um damit herumzuleuchten. Aber kein Hector, nirgends! Das darf doch nicht wahr sein, der kann sich doch nicht in Luft aufgelöst haben! Und gefressen werden die Terrier ihn doch wohl nicht haben, so komplett mit Haut und Haar!

»Komm, ick helfe dir suchen«, schlägt Jay vor. Er zieht ein ziemlich großes, klobiges Metallfeuerzeug mit einem eingravierten Totenkopf aus der Hosentasche und beginnt ebenfalls, den Boden des Portals abzuleuchten. Nach zehn Minuten geben wir auf. Ich, weil ich keine Spur von Hector gefunden habe, Jay, weil er natürlich keine Schlüsselkarte gesehen hat. Ich atme tief durch, er klopft mir tröstend auf die Schulter.

»Ist nickt so schlimm. Die macken dir bestimmt ein' neue Karte. Kein Problem, okay?«

Ich zögere einen Moment.

»Hey, let's go!«, sagt Jay und zieht mich sanft am Ärmel. »Du hast dock gehort, was Marianne gesagt hat: fruh ins Bett heute. Oder hast du nock was?«

Ich räuspere mich und richte mich gerade auf. Jetzt mal mutig sein, Tessa Neumann!

»Ich habe tatsächlich noch etwas«, sage ich dann. »Ich wüsste gern, was du hier eigentlich zwischen den Säulen gemacht hast.«

Vielleicht ist es Einbildung, aber ich glaube, dass Jay kurz zusammenzuckt, bevor er mir antwortet.

»Wieso fragst du? Ick wollte nur ein' klein' Spaziergang macken. Und«, er schaut mir direkt in die Augen und grinst breit, »du bist dock schließlick auck hier!«

10

Hilfe! Überfall! Oder etwa doch nicht?

Hat es da nicht gerade geraschelt und gefiept?

»Hector! Hector?«, flüstere ich. »Wo bist du nur? Bitte sag doch was, wenn du mich hörst!« Auf Knien krieche ich zwischen den Säulen des Französischen Doms herum und leuchte mit meinem Handy noch einmal in jeden Winkel und jede Ecke. Aber ich kann Hector einfach nicht finden, weder hier noch auf dem Weg vom Hotel zum Gendarmenmarkt, den ich heimlich noch einmal abgelaufen bin, nachdem ich mich von Jay im Adlon verabschiedet habe.

Ich setze mich hin und lehne mich mit dem Rücken an eine Säule. Während ich weiter in die Dunkelheit starre, denke ich darüber nach, wo die kleine Rennmaus stecken könnte. Bestenfalls hat sie bei der Hundeattacke Panik bekommen, ist weggerannt und hat sich verlaufen. Dann kann sie natürlich überall in Berlin sein und werde sie niemals finden. Schlimmstenfalls haben die Hunde sie böse gebissen und sie hat sich mit letzter Kraft in den Rinnstein geschleppt, wo sie jetzt hilflos liegt.

Bei diesem Gedanken schießen mir Tränen in die Augen. Wenn ich ehrlich bin, habe ich Hector irgendwie schon in mein Herz geschlossen – obwohl er mit seiner frechen, besserwisserischen Art echt die Pest sein kann. Ich will einfach hoffen, dass er wirklich nur durch Berlin irrt und das Hotel nicht mehr findet. Ist ja auch gar nicht so leicht, wenn man selbst nur zehn Zentimeter groß ist!

Ein Blick auf mein Handy: 0:23 Uhr. Ich muss gähnen. Und einsehen, dass meine Suchaktion gescheitert ist. Ich rapple mich vom Boden auf, schaue mich noch ein letztes Mal um, dann schleiche ich in Richtung Hotel zurück. Ein Gutes hat die Aktion immerhin – den Weg vom Hotel zum Gendarmenmarkt finde ich mittlerweile auch ohne Navi. Ist zwar Abteilung *nutzloses Wissen*, aber hätte ich mir bisher selbst gar nicht zugetraut. Und alle anderen, die mich kennen, erst recht nicht.

Ich beschließe, den Hintereingang des Hotels zu nehmen. Nicht, dass Marianne noch in der Lobby sitzt und mich abfängt, wenn ich versuche, unauffällig vorbeizuhuschen. Ärger mit der Chefin kann ich nicht auch noch gebrauchen. Fast am Ziel, muss ich eine Vollbremsung einlegen: Aus dem Eingang kommen in genau diesem Moment Kim, Mia und Alex, und sie scheinen es sehr eilig zu haben! Ich ducke mich hinter ein parkendes Auto, damit die drei mich nicht sehen.

Nun laufen sie direkt an mir vorbei und ich kann Wortfetzen ihrer Unterhaltung aufschnappen.

»Es hilft nichts – wir brauchen endlich eine Analyse! Sonst stochern wir immer weiter im Nebel!« Wovon auch immer Kim da spricht, sie scheint unzufrieden zu sein. Nein, nicht nur unzufrieden – sie klingt echt wütend.

»Kommt noch, kommt noch«, beschwichtigt Mia. »Wenn wir gleich die Ware erhalten, haben wir endlich genug Material fürs Labor. Und mit den Fotos ist die Sache dann bestimmt klar. Treffer, versenkt!«

Analyse? Labor? Fotos? Das sind nicht gerade die Schlagworte, die ich mit dem Dreh für ein Musikvideo in Verbindung bringe. Erst die Waffe auf Kims Zimmer, dann die Sache mit Jay am Französischen Dom und jetzt dieses Gespräch: *Gimme Four* hängt da in irgendeiner ganz schrägen Sache drin, und zwar alle drei Mädchen! Und wahrscheinlich auch Marianne, denn ich kann mir nicht vorstellen, dass die Band ihr eigenes Süppchen kocht und der Weißkopfadler davon nada weiß. Außerdem sollte die Tasche mit der Munition mit Sicherheit auf das Zimmer unserer Managerin!

Kim, Mia und Alex biegen in die Wilhelmstraße ab. Ich beschließe, ihnen zu folgen. Gott sei Dank sind sie bei zügigem Tempo so in ihre Unterhaltung vertieft, dass sie nicht dazu kommen, einen Blick über die Schulter zu werfen. Mein Glück – denn ich fürchte, ich bin nicht gerade die unauffälligste Verfolgerin der Welt. Schon nach ein paar Metern stolpere ich über eine leere Dose, die irgendein

Vollpfosten einfach vor der Hauswand abgestellt hat, an der ich mich gerade entlangdrücke. Scheppernd rollt die Dose zur Seite, aber die Mädchen setzen ihren Weg fort, ohne sich nach dem Geräusch umzudrehen. Puh! Schwein gehabt!

Ich laufe weiter und versuche zu hören, was die drei sich noch erzählen. Doch dafür sind sie jetzt schon zu weit weg und ich traue mich nicht, näher zu den Mädchen aufzuschließen. Sie biegen auf ein Grundstück ab, auf dem sich eine riesige Baustelle befindet. Die ist zwar durch einen Bauzaun gesichert, aber ohne auch nur eine Sekunde zu zögern, drückt sich Kim durch eine Lücke in der Absperrung und die beiden anderen Mädchen folgen ihr. Zack!, sind sie in der Dunkelheit verschwunden, denn die Baustelle ist nicht beleuchtet. Soll ich da hinterher? Oder lege ich mich jetzt endlich doch in mein kuscheliges Hotelbett und versuche, noch eine Mütze Schlaf zu kriegen? Der morgige – oder eigentlich heutige – Tag wird mit Sicherheit stressig genug. Ich muss gut aussehen, beim Videodreh mit meiner Gitarre 1a performen und, am allerwichtigsten, weiter nach Hector suchen.

Während ich noch darüber nachdenke, was ich tun soll, kommen vom anderen Ende der Straße zwei schwarz gekleidete Männer angerannt. Genauso plötzlich, wie sie aufgetaucht sind, sind sie auch schon auf der Baustelle verschwunden. Ob die mit Kim, Alex und Mia verabredet sind? Es wird doch kein Zufall sein, dass um diese Uhrzeit auf einmal alle auf diese Baustelle wollen. Die Entscheidung, ob Baustelle oder Hotel, wird mir nach ein paar Minuten abgenommen. Denn auf einmal geht auf der anderen Seite des Bauzauns die Post ab: gedämpfte Schreie, Geräusche, die auf einen regelrechten Boxkampf hindeuten, und dann schließlich ein unglaublich lauter Knall!

Verdammt – ich muss Mia, Alex und Kim helfen! Ohne zu zögern, laufe ich zum Zaun und quetsche mich durch die Lücke. Auf der anderen Seite stolpere ich über ein paar herumliegende Bretter und falle fast hin, kann mich aber gerade noch abfangen. Ich schleiche zu dem Gebäude weiter, aus dem die Kampfgeräusche kommen. Oder besser: gekommen sind, denn plötzlich ist es ruhig. Das Gebäude ist mit einem Gerüst und einer Plane eingekleidet. Vorsichtig schiebe ich die Plane ein Stück zur Seite und schaue in die Dunkelheit des Rohbaus hinein.

Was ich sehe, lässt mir das Blut in den Adern gefrieren: Einer der beiden Typen hat eine Waffe auf die Mädchen gerichtet, die vor ihm stehen. Sein Kumpel hockt auf dem Boden und scheint verletzt zu sein. Der mit der Waffe redet auf Mia, Kim und Alex ein, aber so leise, dass ich nicht verstehen kann, was er sagt. Allerdings heben die drei jetzt ihre Hände hoch. Was auch immer hier vor sich geht, ich muss sofort die Polizei rufen!

Ich ziehe mein Handy aus der Hosentasche und gebe den Code ein, als das Display auf einmal verlischt. Verdammt, Akku leer! Das war eindeutig zu viel Taschenlampe heute! Was mache ich jetzt bloß? Eine Powerbank habe ich nicht dabei und Abhauen ist keine Option. Wenn ich eine Karate-Großmeisterin wäre, hätte ich die Situation natürlich ruckzuck im Griff, aber ich war nicht mal dabei, als in der sechsten Klasse an unserer Schule ein Selbstverteidigungskurs angeboten wurde. Den Typen schicke ich also sicher nicht auf die Bretter. Dafür kommt mir bei dem Gedanken ein Geistesblitz! Bretter! Natürlich, das ist es!

Ich gehe zurück zum Bauzaun und bleibe vor dem Bretterhaufen stehen. Das hier ist zu lang, das zu kurz – aber das da vorn, das hat für meine Zwecke doch genau die richtige Länge! Schnell ziehe ich das Brett heraus und laufe damit zum Rohbau zurück. Dort hat sich noch nichts an der Situation geändert – der Typ mit der Knarre hält immer noch die Mädchen in Schach, während sein Kumpel auf dem Boden hockt und sich die Seite hält. Vorsichtig schleiche ich mich von hinten an die Gruppe ran. Die Männer sehen mich nicht, sie haben mir den Rücken zugedreht, aber als ich näher komme, bemerken mich natürlich Kim, Alex und Mia. Mia reißt die Augen auf und scheint etwas sagen zu wollen. Ich lege meinen Zeigefinger an die Lippen – bleib bloß still!

Nun bin ich in optimaler Schlagdistanz zu dem Revolverhelden, hole mit der Latte aus und haue so fest zu, wie ich kann. Das Brett trifft den Typen nicht, wie geplant, am Kopf, sondern im Rücken, aber auch das scheint nicht sehr angenehm zu sein. Jedenfalls heult er laut auf und lässt die Waffe fallen.

»Verdammte Scheiße, wer war das?«, brüllt er und fährt zu mir herum, reißt seine Fäuste hoch und schlägt nach mir.

Sein Kumpel, der am Boden kniet, greift nach der Waffe, die jetzt vor ihm liegt, aber da kommt ihm Kim in die Quere und tritt die Pistole geistesgegenwärtig zur Seite. Der andere packt mich am Kragen und zieht mich zu sich. Ich blicke direkt in sein wutverzerrtes, unrasiertes Gesicht und mein Herz rast vor Panik.

»Wer bist du?«, schreit der Typ und schüttelt mich kräftig, bis ich das Brett fallen lasse. Ich kriege kein Wort heraus, aber das ist auch gar nicht nötig, denn in diesem Moment stürzt sich Alex auf ihn und zeigt, dass sie ihren Selbstverteidigungskurs offenbar nicht verpasst hat: Mit einem gekonnten Handkantenschlag gegen den Hals des Mannes knockt sie ihn sofort aus. Er zuckt nicht mal, sondern verdreht nur die Augen und geht zu Boden. Sein Kumpel flucht, springt auf und will sich aus dem Staub machen. Weit kommt er allerdings nicht, denn nun ist es Mia, die ihn mit einem gezielten Tritt von den Beinen holt. Er landet direkt neben seinem bewusstlosen Partner.

In der Zwischenzeit hat Kim die Waffe und eine Tüte, die ebenfalls auf dem Boden lag, aufgehoben. Was mag da drin sein, dass Kim sie in dieser kritischen Situation noch unbedingt mitnehmen muss?

»Los, weg hier!«, ruft sie uns zu und dafür brauche ich ehrlicherweise keine Extraaufforderung. Ich drehe mich um und renne aus dem Gebäude, Alex, Kim und Mia folgen mir. Wir drängeln uns nacheinander durch den Bauzaun und sprinten dann, ohne uns noch einmal umzudrehen, die Straße hoch in Richtung Hotel.

»Was war das denn für eine Aktion?«, japse ich, als wir dort endlich ankommen und ich mich mit hängender Zunge und Seitenstechen die sechs Stufen zur Glastür hochschleppe. Die Mädchen sagen nichts, stattdessen laufen sie schnurstracks zu den hinteren Fahrstühlen, von denen sich bei einem gerade die Türen öffnen. Wir steigen sofort ein, und als sich die Türen hinter uns schließen, wiederhole ich meine Frage.

»Sagt mal, was war das gerade? Ein Raubüberfall? Sollten wir nicht die Polizei rufen?«

Wieder keine Antwort, ich ernte nur Schulterzucken. Langsam werde ich sauer!

»Hallo! Hat es euch die Sprache verschlagen? Ich finde, wir rufen jetzt mal die Polizei! Immerhin hat euch da gerade jemand mit 'ner Knarre bedroht!«

»Pssst!«, zischt Alex mich jetzt an. »Nicht hier!«

Der Fahrstuhl hält an, wir steigen aus und Alex zerrt mich an meinem Ärmel hinter sich her.

»Hey, was soll das?«, beschwere ich mich.

»Wieso? Du willst doch reden. Können wir gern machen, aber nicht hier auf dem Flur«, erwidert sie und zieht mich weiter bis zu ihrer Zimmertür. Dort lässt sie los, öffnet mit ihrer Karte die Tür und lässt uns alle rein.

»Okay, dann stelle ich meine Frage jetzt zum dritten Mal«, sage ich, als Alex die Tür hinter uns allen wieder geschlossen hat. »Was war da eben los auf der Baustelle?«

»Gegenfrage«, sagt Kim, »wieso warst du eigentlich auch dort? Bist du uns gefolgt?«

»Ich … äh … konnte nicht einschlafen und war noch mal frische Luft schnappen. Als ich dann die Straße langspaziert bin, habe ich den Tumult auf der Baustelle gehört und dachte, dass jemand Hilfe braucht.« Ich mache eine Pause und mustere meine drei Band-Kolleginnen eindringlich, bevor ich weiterspreche.

»Mann, Leute, ist es nicht besser, endlich die Polizei zu rufen?«

Kim, Alex und Mia schütteln den Kopf, es sieht ein bisschen aus wie beim Synchronschwimmen.

»Auf gar keinen Fall«, sagt Mia schließlich. »Das waren lediglich aufdringliche Fans. Nicht schön, aber auch nichts Wildes.«

Bitte? Wollen die mich verschaukeln? *Aufdringliche Fans*? Das ist doch Schwachsinn! Und zwar kompletter!

»Also, tut mir leid, aber die beiden Vögel sahen jetzt nicht gerade wie die typischen *Gimme-Four*-Fans aus. Ich würde eher sagen, die wollten euch überfallen. Ich meine, das war richtig gefährlich! Mir zittern jetzt noch die Knie! Die hatten schließlich eine Waffe!«

»Chill mal, Tessa!«, pflaumt mich Alex an. »Wir können wohl ein bisschen besser als du beurteilen, wie aufdringlich Fans sein können, wenn sie hysterisch werden. Glaub mir, wir haben schon welche gehabt, die an der Außenfassade eines Hotels bis in unsere Zimmer geklettert sind, nur um in unserer Nähe zu sein. Die Leute sind einfach verrückt, damit muss man als Star leben.«

»Noch mal: Die hatten eine Waffe!«, halte ich dagegen.

»Die ihr übrigens mitgenommen habt. Wollt ihr die behalten? Und was war eigentlich in der Tüte?«

»Die Waffe gebe ich bei der Polizei ab«, sagt Kim und klingt schwer genervt. »Und in der Tüte war nichts, die habe ich eben schon in den Mülleimer am Hoteleingang geschmissen. Glaube mir, du wirst dich auch noch an diese Art Fans gewöhnen.«

»Aha.« Mehr sage ich dazu nicht, denn ich bin mir zu 99,9 Prozent sicher, dass das eine Lüge ist. Also, dass das gerade kein Überfall war. Und dass Kim die Tüte weggeworfen hat. Das wäre mir mit Sicherheit aufgefallen. Schließlich war ich die ganze Zeit direkt hinter ihr. Aber wenn die drei darüber nicht sprechen wollen, kann ich es nicht ändern. Und die Polizei zu rufen, macht dann auch keinen Sinn. Ich gähne.

»Na gut. Dann gehe ich jetzt mal ins Bett. Wir sehen uns morgen.« Ich drehe mich um und würdige die drei keines Blickes mehr. Verarschen kann ich mich selbst.

In meinem Hotelzimmer angekommen, gehe ich direkt ins Bad, wo ich meinen Pyjama heute Nachmittag an den Haken neben dem flauschigen Hotelbademantel gehängt hatte. Ich ziehe mich um und putze mir die Zähne. Aus dem Spiegel schaut mich eine blasse Tessa mit ziemlichen Augenringen an, der lockere Dutt auf meinem Kopf hat die Form eines zerrupften Vogelnests angenommen. Ich will einfach nur noch schlafen!

Müde wanke ich zu meinem Bett und schlage die Bettdecke zurück.

»Hey! Pass mal ein bisschen auf!«, ertönt plötzlich eine gedämpfte, aber mir sehr bekannte Stimme. Sofort ziehe ich die Decke wieder weg. Tatsächlich! Auf dem Bett, zwischen Kopfkissen und Bettdecke, liegt: HECTOR! Er ist es wirklich! Und zwar völlig unversehrt!

Zwar lächelt er mich ganz unschuldig an, aber ich bilde mir ein, dass sich seine Schnurrhaare nach oben biegen und seinem Gesicht ein fettes Grinsen verleihen.

»Wo warst du denn die ganze Zeit?«, fragt er dann. »Ich dachte schon, du kommst gar nicht mehr wieder!«

11

Totgesagte leben länger

»Bitte? Ich tot im Straßengraben? Du hast ernsthaft gedacht, diese beiden albernen Tölen wären mir, dem großen Dschingisiin Hector, an den Kragen gegangen?« Hector lacht so verächtlich, wie eine mongolische Rennmaus nur lachen kann.

»Na ja«, sage ich und strecke mich auf dem Bett ein bisschen aus, »ich habe dich ziemlich laut quietschen hören, regelrecht panisch klang das. Da habe ich schon gedacht, die haben dich mindestens in dein Hinterteil gebissen. Oder gleich ganz aufgefressen.«

Hector reißt die Augen auf und starrt mich verwundert an.

»Geschrien? Ich habe doch nicht geschrien. Wen auch immer du da gehört hast, ich war das auf gar keinen Fall!«

Ich seufze und betrachte eingehend die albernen kleinen

Schaukelpferde, die auf meinen Pyjama gedruckt sind. Meine riesige Erleichterung darüber, dass es Hector gut geht, ist mittlerweile einer gewissen Ermattung gewichen. Wie ich feststellen muss, hat es wirklich keinen Sinn, sich auf eine Diskussion mit einer mongolischen Rennmaus einzulassen. Einer Maus, die offenbar zu stolz ist, um sich und mir einzugestehen, dass sie heute Abend in Todesangst vor zwei aggressiven Terriern geflüchtet ist. Egal. Hauptsache, Hector ist nichts passiert. Wir müssen das hier nicht im Detail klären.

»Du sagst ja gar nichts mehr!«, mault er mich jetzt an. »Glaubst du mir etwa nicht, dass nicht ich es war, der geschrien hat? Hä? Nun gib's schon zu, du glaubst mir nicht!« Okay, offenbar will *er* es doch im Detail klären.

»Was soll ich da auch sagen?«, wehre ich mich halbherzig. »Ich habe mehrere schrille Schreie gehört, ein ganz hohes Fiepen, so, wie es Menschen garantiert nicht von sich geben können, sondern eher Mäuse. Und zwar genau in dem Moment, in dem die Hunde zu den Säulen gerannt sind, bei denen du gerade warst. Da habe ich eben angenommen, dass sie dich verletzt haben.«

»Aha.« Hector legt den Kopf schief. »Aber ich bin nun wirklich nicht das einzige Nagetier, das sich in Berlin aufhält, das lass dir mal gesagt sein. Wahrscheinlich haben die Terrier eine dieser widerlichen Ratten erwischt, die hier überall rumlaufen und den Müll der Touristen fressen.« Er schüttelt sich. »Du müsstest mal darauf achten, was die Leute so alles wegschmeißen – Döner, Eiscreme, Pizzastücke …«

Will der mir jetzt ernsthaft ’ne ganze Speisekarte aufzählen? Ich bin saumüde und würde wirklich gern schlafen!

»Hector, mal ehrlich: Du lenkst ab. Wenn du wirklich nicht mit den Hunden aneinandergeraten bist, kannst du mir doch einfach mal erzählen, was es mit den Schattengestalten auf der anderen Seite des Säulengangs auf sich hatte. Deswegen bist du schließlich rübergerannt. Also: War das tatsächlich Mia?«

Hectors Schwanzspitze zuckt hin und her.

»Ehrlicherweise – keine Ahnung!«

»Keine Ahnung?! Aber ich dachte, du bist hier die Supernase. Oder haben dir die Hunde doch ein paar verpasst und du musstest abhauen, bevor du nach Mia suchen konntest?«

Empörtes Schnauben von Hector!

»Nein! Wie oft soll ich es noch sagen – die Hunde haben mich nicht erwischt! Aber bevor ich genauer schnuppern konnte, waren die Schatten schon weg. Vielleicht haben Yasha und Pelle die Schatten weggebissen und das war das Quietschen, das du gehört hast?«

Sicher. Genau so wird es gewesen sein. Aber es ist echt für die Füße, sich hier weiter mit der Rennmaus rumzustreiten.

»Und wie bist du dann nach Hause gekommen?«, will ich stattdessen wissen. »Ich habe dich überall gesucht. Ich habe mir wirklich große Sorgen um dich gemacht.«

»Wie gesagt – hättest du gar nicht müssen, aber das ehrt dich natürlich. Ich bin nach der Pleite beim Dom einfach auf direktem Weg ins Hotel gelaufen.«

»Du hast also rein gar nichts bemerkt auf dem Gendarmenmarkt, was uns weiterbringen könnte?«, frage ich enttäuscht nach.

»Nun ja, ein bisschen etwas Sachdienliches habe ich schon gefunden.« Mehr sagt er nicht, sondern schweigt vielsagend. Mann, warum macht er das so spannend?

»Jetzt pack schon aus!«, motze ich ihn an. Ich habe schließlich einen sehr anstrengenden Tag und eine noch anstrengendere Nacht hinter mir. Hectors Schnurrhaare wippen auf und ab, schließlich rappelt er sich auf und springt vom Bett.

»Komm, ich zeige es dir!«, quiekt er und klingt dabei richtig fröhlich. Ich wälze mich ebenfalls aus dem Bett und folge ihm ins Wohnzimmer. Er hüpft auf das Sofa und deutet zum Couchtisch.

»Da!«

Ich gucke auf den Tisch, aber außer der mittlerweile geleerten Pralinenschachtel, den Blumen und einer alten Papiertüte mit dem Logo des Adlon liegt dort nichts.

»Hä?«

»Na, auf der Tischplatte!«, beharrt Hector.

»Wo denn? Ich seh nichts!«

»Die Papiertüte.«

»Was ist mit der?« Ich verstehe absolut nicht, worauf die olle Rennmaus hinauswill. Sie schnauft, schüttelt den Kopf und springt vom Sofa auf den Tisch.

»Hiiiieeer!« Mit ihrer Pfote haut sie auf die Tüte. »Guck doch mal!«

»Eine Papiertüte vom Hotel Adlon. Toll. Und jetzt?«

»Die habe ich da gefunden! Neben den Säulen!« Nun richtet sich Hector zu seiner vollen Größe auf und fiept aufgeregt. »Verstehst du? Wer auch immer der Schatten war, den du an der Säule gesehen hast – er war vorher auch im Adlon. Kurz bevor die Hunde losrasten, habe ich diese Tüte auf dem Boden gefunden. Ich kann zwar nicht lesen, aber ich habe das Zeichen erkannt.« Stimmt. Das Logo des Adlon ist sehr einprägsam. Auch wenn man nicht lesen kann, erkennt man das angedeutete Brandenburger Tor mit den sechs Säulen und der Quadriga sofort. Stolz deutet Hector noch mal auf das Bild. »Hier! Deswegen habe ich die Tüte hierhergeschleppt. Für dich!«

»Hm.« Mehr sage ich dazu erst mal nicht, denn ich bin mir noch nicht sicher, ob diese Nachricht wirklich in die Kategorie »Top« oder doch eher »Flop« fällt. Ich überlege. Klar, einer der Schatten hatte etwas auf den Boden gelegt. Ob es diese Tüte war? Und falls ja: Was mag dadrin gewesen sein? Oder ist da noch was drin? Ich nehme die Tüte vom Tisch und werfe einen Blick rein. Auf dem Tütenboden befinden sich lediglich ein paar Kieselsteine. Ich hole sie heraus und betrachte sie eingehend. Drei kleine graue Steine und eine olle Papiertüte. Unter einem aufregenden Ermittlungserfolg stelle ich mir eigentlich etwas anderes vor. Ich werfe die Steine wieder in die Tüte und lege sie auf den Tisch zurück.

»Nun sag schon«, drängelt Hector, »das ist doch eine sensationelle Entdeckung, findest du nicht? Ich meine, das ist doch kein Zufall und beweist, dass wir auf der richtigen Spur sind.«

»Es beweist, dass ein anderer Hotelgast auch mal auf dem Gendarmenmarkt war«, korrigiere ich Sherlock Hector. »Das finde ich noch nicht so aufregend. Das Adlon ist immerhin ziemlich groß und hat ’ne Menge Gäste. Und der Gendarmenmarkt ist direkt um die Ecke. Ich zum Beispiel habe vorhin dort Jay getroffen. Vielleicht hat er die Tüte fallen lassen.«

»Wer ist noch mal Jay?«, will Hector wissen. »Etwa dieser Tänzer, den du so gut findest?«

»Erstens: Ja. Zweitens: Nein.«

»Erstens und zweitens? Ich versteh kein Wort.«

»Also, erstens: Ja, Jay ist der Tänzer, der Kim in dem Video das Collier schenkt. Und zweitens: Nein, ich finde ihn gar nicht so gut.«

Hector ignoriert mein *Zweitens* und stürzt sich sofort auf *Erstens*.

»Ha! Na also! Da haben wir es doch! Dieser Jay war am Gendarmenmarkt, um irgendwelche finsteren Geschäfte abzuwickeln. Sein Job als Tänzer ist garantiert nur eine Tarnung für seine Machenschaften! Wahrscheinlich war da noch eine Pistole in der Tüte. Die Waffe, die wir bei Kim gefunden haben, ist bestimmt nicht die einzige, die hier rumfliegt!«

»Wow, wow, ganz ruhig, Brauner!«, lache ich. »Vielleicht hatte Jay auch nur ein Wurstbrot in der Tüte. Und die Schatten hatten damit gar nichts zu tun.« Dass mir die Sache mit

Jay vorhin auch etwas komisch vorkam, verschweige ich jetzt mal lieber.

»Ach ja? Und warum hat Kim dann *Gendarmenmarkt* auf den Zettel geschrieben? Das ist alles eine große Verschwörung, ich sage es dir!«

»Vielleicht. Vielleicht aber auch nicht. Du weißt ja noch gar nicht, was ich heute Nacht alles erlebt habe. Und zwar mit Kim, Mia und Alex. Da wirst du deine Mäuseohren anlegen, wenn ich es dir erzähle! Dagegen ist deine Papiertüte rein gar nichts!«

»Pöh!« Hector klingt beleidigt und hüpft von der Tischplatte wieder auf das Sofa und von dort auf den Teppich. »Das ist nicht *meine* Papiertüte, das ist ein Beweisstück!«

»Ach, komm, nun sei nicht so.« Ich bücke mich und hebe Hector zu mir hoch, als er auf einmal laut fiept.

»Aua!«

Erschrocken setze ich ihn wieder ab.

»Entschuldige – hab ich dir wehgetan?«

Hector sagt nichts, aber reibt sich den Bauch. Ganz vorsichtig nehme ich ihn wieder in die Hand und schaue mir sein Bäuchlein an. Tatsächlich hat er dort eine Wunde, die ziemlich frisch aussieht.

»Auweia!«, rufe ich. »Das wusste ich nicht, tut mir leid!«

Hector seufzt.

»Ich wollte es dir eigentlich nicht sagen.« Er schlägt die Augen nieder und fährt sich mit den Pfoten durch die Schnurrhaare.

»Doch die Hunde?«, frage ich nach.

Er nickt.

»Ja. Voll peinlich.«

»Aber warum denn? Du kannst doch gar nichts dafür.« Schulterzucken bei der Rennmaus.

»Schlecht fürs Image, finde ich. *Hector, das Opfer.*«

Ich schüttle den Kopf.

»Hector, du bist die mutigste und tapferste Maus, die ich kenne. Und die schlauste sowieso!«

»Ach ja?« Hector legt sein Köpfchen schief. »Wie viele Mäuse kennst du denn?«

Ich lache und trage das Kerlchen rüber zu meinem beziehungsweise *unserem* Bett. Dort lege ich ihn sanft auf das Kissen neben mir und schaue mir die Wunde noch einmal genauer an. Sie scheint nicht besonders tief zu sein, eher als wären die Terrierzähne nur einmal scharf an Hectors Bauch entlanggeschrammt.

»Da hast du aber echt Glück gehabt!«, sage ich.

»Glück? So würde ich das nicht gerade nennen. Aber klar, gefressen haben mich die beiden immerhin nicht.«

Ich streiche noch einmal ganz vorsichtig über Hectors Bäuchlein, er zuckt zusammen.

»Ich glaube, ich sollte das mal reinigen«, schlage ich vor. »Nicht, dass sich das noch entzündet.«

Hector atmet tief durch und scheint etwas sagen zu wollen, lässt es denn aber. Im Bad suche ich nach etwas, um die Wunde zu säubern, und entscheide mich für einen der flauschigen Waschlappen, die unter dem Waschbecken liegen. Mit warmem Wasser löse ich etwas von der edel duftenden

Hotelseife auf und tunke eine Ecke des Waschlappens hinein. Die andere Ecke benetze ich mit klarem Wasser. Zurück im Schlafzimmer, tupfe ich mit der Seifenlauge sanft auf den verkrusteten Rändern der Wunde entlang. Dann reinige ich die Wunde mit dem klaren Wasser und streiche schließlich einmal mit der trockenen Seite des Waschlappens darüber. Ein leises Stöhnen von Hector verrät mir, dass er ziemliche Schmerzen haben muss, aber er verzieht keine Miene. Er ist wirklich eine sehr tapfere Maus!

»So, fertig. Jetzt sollte sich da eigentlich nichts entzünden. Aber falls es doch irgendwie warm wird oder die Wunde anfängt zu pochen, musst du mir unbedingt Bescheid sagen – verstanden?«

»Alles klar, Chef!«

»Kann ich noch etwas tun, damit es dir besser geht?«, will ich wissen.

Hector nickt.

»Klar. Erzähl mir, warum du glaubst, dass du etwas Sensationelleres herausgefunden hast als ich.«

Eine Viertelstunde später ist Hector genau im Bilde, was meine Kung-Fu-reife Leistung auf der Baustelle anbelangt und das megaauffällige Verhalten von Kim, Alex und Mia. Als ich fertig erzählt habe, ballt er seine rechte Pfote und reckt sie in die Luft.

»Unglaubliche Geschichte! Da gibt's nur eines!«

»Nämlich?«

»Wir gehen auf die Baustelle und gucken, ob die Typen da noch rumhängen. Vielleicht sind das die gleichen, die vorhin den Krempel erst auf dein Zimmer geschleppt und dann wieder rausgetragen haben. Ich würde sie sofort wiedererkennen, das schwöre ich dir! Oder wir finden irgendetwas Verdächtiges, womit wir die Mädchen konfrontieren können!«

»Ich hab sie doch schon *konfrontiert*, aber sie haben mich einfach so abtropfen lassen«, wende ich ein. »Was willst du denn da finden, das die drei dazu bringen könnte, mir die Wahrheit zu erzählen? Also, dass die Typen keine aufdringlichen Fans, sondern Verbrecher waren?«

»Weiß ich jetzt noch nicht. Aber ich werde es wissen, *wenn* wir es finden. Jetzt, auf, auf!«

»Nö!« Ich verschränke die Arme vor der Brust und bleibe liegen. »Mich kriegst du heute nicht mehr aus dem Bett. Es ist mittlerweile drei Uhr, in nicht mal vier Stunden klingelt mein Wecker und ich muss eine gute Show hinlegen. Wenigstens halbwegs.« Mit einem herzhaften Gähnen unterstreiche ich meine Botschaft. »Wir sind uns einig, dass da was nicht stimmt. Lass uns morgen weiter nach Beweisen suchen, okay? Ich bin jetzt einfach zu müde.«

Ein tiefes Seufzen auf dem Kissen neben mir, aber dann nickt Hector.

»Na gut, vielleicht hast du recht. Ist wahrscheinlich auch besser für mein Bauchfell, das ist doch ganz schön angeschraddelt, aua!« Spricht's, dreht sich zur Seite – und fängt keine zwei Minuten später an zu schnarchen.

12

Kartentrick

Als mein Wecker um halb sieben klingelt, habe ich kaum geschlafen. Sobald ich die Augen geschlossen habe, stand ich wieder auf der Baustelle.

Außerdem hat Hector so laut geschnarcht, wie ich es von so einer kleinen Maus niemals erwartet hätte. Offenbar haben ihm die Hunde doch sehr zugesetzt. Er muss völlig erschöpft sein.

Ich wanke schlaftrunken unter die Dusche, aber auch danach bin ich nicht viel wacher. Als ich schließlich unten in der Lobby zur Lichtprobe ankomme, empfängt mich Marianne mit tadelndem Blick.

»Tessa, wie siehst du denn aus? Hatte ich dich nicht gebeten, früh ins Bett zu gehen? So tiefe Augenringe wie bei dir habe ich ja noch nie gesehen – hoffentlich kann Betty die nachher in der Maske überschminken!«

»Entschuldige«, murmle ich, »ich habe einfach schlecht geschlafen.«

Mariannes Augenbrauen gehen nach oben.

»Nur schlecht geschlafen?«

What? Haben mich die anderen etwa verpfiffen? Ich werfe Alex, Kim und Mia einen Blick zu, sie lächeln unschuldig zurück.

»Ja, nur schlecht geschlafen«, bestätige ich.

Während der Lichtprobe kann ich nur sehr mühsam den Wunsch unterdrücken, ständig zu gähnen, aber wenigstens stehe ich immer an der richtigen Stelle und leiste mir auch sonst keinen Fehler.

Vermutlich hätte Marianne aber diesmal sowieso nicht gemeckert, denn sie ist die ganze Zeit damit beschäftigt, wahlweise auf ihr Handy zu starren oder hektisch damit zu telefonieren. Die Lichtprobe leidet nämlich unter einem entscheidenden Problem: Jay ist bisher nicht aufgetaucht. Kim, Alex und Mia tauschen fragende Blicke aus, sie scheinen auch nicht zu wissen, wo er steckt. An sein Handy geht er nicht, auf seinem Hotelzimmer scheint er auch nicht zu sein – es ist mysteriös. Schließlich übernimmt Enrico für die Lichtprobe Jays Part, denn er ist ungefähr so groß wie der Tänzer und der Beleuchter kann an ihm halbwegs verlässlich Scheinwerfer und Kameralicht einstellen.

Danach zeigt mir Make-up-Artist Betty in der provisorischen Maske im hinteren Teil der Lobby, dass sie eine wahre Meisterin am Schminkpinsel ist – es dauert zwar fast eine Stunde, aber dann sehe ich aus wie das blühende Leben.

Faszinierend, was schätzungsweise ein Liter Flüssig-Make-up und Lidschatten in den verschiedensten Tönen so rausreißen können!

»Wow!«, rufe ich begeistert, als Betty fertig ist und mir den Spiegel vorhält. »Wie hast du das nur gemacht? Das sieht ja fantastisch aus!«

»Oh, danke!«, sagt sie höflich. »Das ist mein Job. Make-up ist am besten, wenn man gar nicht sieht, dass es sehr aufwendig gemacht wurde. Freut mich, dass es dir gefällt!«

Das Gefühl, gerade ziemlich gut auszusehen, beschwingt mich so sehr, dass ich geradezu zum Set zurücktanze und mir meine Gitarre für die Generalprobe greife.

»Die kannste gleich wieder hinlegen«, ätzt Kim, als sie das sieht.

»Wieso?«

»Weil dieser Vollspacko von Jay immer noch nicht da ist«, antwortet statt ihrer Alex, die neben Kim auf einem Barhocker sitzt, der zur Requisite gehört.

»Immer noch nicht?«, wundere ich mich.

»Nope. Nicht zu erreichen. Hat sich offenbar in Luft aufgelöst.«

»Das gibt's doch nicht! Was wird denn nun aus unserem Video?« Ich finde zwar, dass die ganze Berlin-Nummer völlig anders läuft als erwartet, aber damit habe ich nicht gerechnet. Und ehrlich gesagt wäre das eine Riesenenttäuschung für mich.

Marianne kommt zu uns herüber.

»Ja, es ist mir auch ein Rätsel. Ohne ihn macht die Generalprobe jedenfalls keinen Sinn. Enrico mag zwar ein klasse Lichtdouble sein, aber einen Tänzer machen wir nicht mehr aus ihm. Ich muss überlegen, wie es hier weitergeht. Wir machen jetzt erst mal eine Pause.« Sie wirft einen Blick auf ihr Handy. »Es ist halb zehn. Um zwölf treffen wir uns wieder hier, bis dahin ist hoffentlich entweder Jay da oder ich habe eine andere tolle Idee.«

Ich will mich gerade zum Gehen umdrehen, da fällt mir ein, dass ich noch dringend etwas erledigen muss.

»Marianne, hättest du vielleicht eine *Gimme-Four*-CD für mich? Ich hatte mich gestern aus meinem Zimmer ausgesperrt und einer der Rezeptionisten hat mir gleich geholfen. Er hat erzählt, dass seine Nichte unser größter Fan ist, und jetzt würde ich ihr gern eine Freude machen.«

»Na klar«, lächelt Marianne, »ich habe immer einen kleinen Vorrat an CDs und Autogrammkarten dabei. Das ist eine nette Idee – und Fan-Service ist sehr wichtig in unserer Branche. Warte, ich hole dir kurz eine aus meinem Zimmer.«

In diesem Moment kommt Enrico angesprintet.

»Marianne, hast du mal einen Moment? Ich habe da eine Idee …«

Marianne seufzt und überlegt. Dann zieht sie ihre Zimmerkarte aus der Hose und reicht sie mir.

»Ich werde hier offenbar noch gebraucht. Magst du dir die CD selbst holen? Hier ist meine Karte. Zimmer 510, der Karton mit den Merchandising-Artikeln steht auf dem Schreibtisch vor dem Fenster.«

Ich nicke.

»Danke! Den finde ich schon!«

Meine letzten Worte hört Marianne nicht mehr, denn Enrico hat sie bereits mit sich gezogen. Auch gut. Oder sogar noch besser! Denn nun sieht Marianne auf gar keinen Fall, dass ich gerade vor Freude einen kleinen Luftsprung mache! Sie hat mir freiwillig ihre Zimmerkarte gegeben, yeah! Einer kleinen Durchsuchung steht also nichts mehr im Weg. Nur noch vorher die Maus abholen, dann kann's losgehen!

***

»Hast du gut geschlafen?«

Ich betrachte Hector, der immer noch im Bett liegt, aber wach ist und sich genüsslich rekelt.

»Ja, erstaunlich gut. Wie ein Stein. Ich habe gar nicht gemerkt, dass du heute früh aufgestanden bist.«

»Hab mich auch bemüht, möglichst leise zu sein. Noch Schmerzen?«

Hector rappelt sich hoch und sieht an sich herunter.

»Ähm … nö … wobei – vielleicht ein bisschen. Fühlt sich fast an wie ein ausgeprägter Muskelkater.«

Ich muss grinsen.

»Woher weißt du denn, wie sich ein Muskelkater anfühlt? Gehst du etwa ins Fitnessstudio? Oder machst sonst irgendeinen Sport?«

»Woher, denkst du denn, kommt das Wort Muskelkater?«,

näselt Hector. »Ich kann es dir sagen: Wir Mäuse haben es erfunden. Wenn du auf der Flucht vor einer Katze bist, hast du am nächsten Tag Muskelkater. So einfach ist das. Und natürlich bin auch ich schon vor so einem Katzenmonster geflüchtet und habe daher beste Vergleichsmöglichkeiten.«

Okay, ich glaube zwar nicht, dass das Wort Muskelkater auch nur im Entferntesten auf diese Art und Weise entstanden ist. Aber ich freue mich, dass Hector wieder so gut drauf und fit ist. Dann wedle ich mit Mariannes Zimmerkarte vor seiner Mäusenase herum.

»So, und jetzt mal raus aus dem Bett! Wir haben eine wichtige Mission!«

Hector reißt die Augen auf.

»Hä? Hast du dir etwa wieder unter falschem Namen eine Karte geben lassen?«

Ich schüttle den Kopf.

»Nee, mein Lieber. War gar nicht nötig. Die hat mir Marianne gerade freiwillig gegeben. Damit ich mir eine CD aus ihrem Zimmer holen kann. Du weißt schon – mein *völlig überflüssiges* Gequatsche mit dem Typen an der Rezeption.«

Die Maus ignoriert meine Spitze und fiept begeistert.

»Die Karte der Chefin? Weltklasse! Dann lass uns rasch rüber und die Bude mal richtig auf den Kopf stellen!«

Zwei Minuten später halte ich Mariannes Karte vor den Scanner an ihrer Zimmertür und – klick! – schon sind wir drin. Hervorragend! Dieser Teil des Plans hat schon mal geklappt. Das Zimmer sieht ziemlich genauso aus wie Kims

Bleibe – nur aufgeräumt. Ich sehe mich um und überlege, wonach genau wir hier eigentlich suchen könnten. Als Erstes stecke ich allerdings eine CD und eine Autogrammkarte ein, die tatsächlich gut sichtbar in einem Pappkarton auf dem Schreibtisch am Fenster liegen. Nicht, dass ich das noch vergesse und Marianne sich wundert, warum ich dann überhaupt auf ihrem Zimmer war!

Hector schnürt durch alle Ecken des Zimmers und murmelt immer wieder wichtigtuerisch »aha«, »soso« und »hab ich mir gedacht« vor sich hin. Ich muss grinsen. An dieser Maus ist wirklich ein großer Schauspieler verloren gegangen.

»Hast du etwas Verdächtiges gefunden?«, erkundige ich mich. Hector bleibt stehen und richtet sich auf.

»Tessa, hier ist alles verdächtig! Dieses Zimmer ist gewissermaßen ein Tatort!«

Leider kann ich mir ein prustendes Lachen nicht mehr verkneifen und ernte dafür einen sehr bösen Blick. Schnell wende ich mich pflichtschuldigst den Schubladen unter dem Schreibtisch zu. Ergebnis: nada. Der Schreibtisch ist komplett leer. Wenn es etwas Verdächtiges oder Wertvolles gäbe, was ich verstecken wollte, wo würde ich es aufbewahren?

»Der Safe!«, rufe ich. »Wir müssten mal in den Safe gucken!«

»Gute Idee!«, bestätigt mir Hector. »Gibt nur zwei Probleme: Wir wissen nicht, wo er ist. Und selbst wenn wir es wüssten, könnten wir ihn wahrscheinlich nicht öffnen.«

»Also, in meinem Zimmer ist er im Kleiderschrank«, erkläre ich, während ich zu Mariannes Schrank gehe und die Tür öffne.

Bingo! Allerdings ist der Safe mit einem Tastenschloss gesichert. Es besteht aus zehn im Quadrat angeordneten Ziffern. Hm. Bereits meine bescheidenen mathematischen Kenntnisse sagen mir, dass es für eine Geheimzahl aus drei Ziffern ziemlich viele Kombinationsmöglichkeiten gibt. 10 mal 10 mal 10. Sind dann wohl tausend. Wenn die Geheimzahl aus vier Ziffern besteht, sogar 10.000. Bis ich die alle ausprobiert habe, ist Jay bestimmt wieder aufgetaucht. Oder noch wahrscheinlicher steht Marianne plötzlich neben mir, um festzustellen, was ich eigentlich so lange auf ihrem Zimmer mache. Verdammt!

»Worüber sinnierst du?«, will Hector wissen.

»Dass es aussichtslos ist, bei diesem Schloss auf die richtige Kombination zu kommen. Also, durch Raten, meine ich.«

»Ach was, lass mal sehen!«

Hector kommt zu mir gelaufen und ich hebe ihn hoch, damit er sich den Safe auch mal ansehen kann.

»Interessant. Das ist ein Schloss? Sieht so anders aus als an normalen Türen.«

»Klar. Aber es erfüllt den gleichen Zweck. Die Safetür ist verriegelt und nur wenn man die richtigen Zahlen tippt, öffnet sie sich.«

Dazu sagt Hector erst mal nichts. Wahrscheinlich überlegt er, wie sich Menschen so etwas Doofes einfallen lassen können.

»Hm, gibt es eine Zahl, die bei Menschen besonders beliebt ist?«, fragt er dann.

»Ich glaube, die Sieben«, sage ich, denn das habe ich mal irgendwo gelesen. »Aber das ist ja noch keine Kombination.«

»Wieso? Die kann man doch so oft drücken, wie man will.«

Ich zucke mit den Schultern.

»Gut, ich versuch's.«

Drei- oder viermal, das ist hier die Frage. Ich drücke 7 – 7 – 7 und warte kurz. Nichts passiert. Also drücke ich noch mal auf die 7. Ein Lämpchen über den Ziffern leuchtet rot auf. Okay. Das war nix. Aber zumindest weiß ich jetzt, dass vier Ziffern gebraucht werden.

»Hat nicht geklappt?« Hector klingt enttäuscht, obwohl eigentlich völlig klar war, dass das nichts werden würde.

»Nein. Hat nicht geklappt«, bestätigte ich.

»Kennst du noch 'ne andere beliebte Zahl?«

»Viele Menschen nehmen auch ihr Geburtsdatum. Also, Monat und Tag in vier Ziffern. Aber ich glaube nicht, dass jemand, der etwas Wichtiges sichern will, so einen leicht zu erratenden Code nimmt.«

Hectors Schwanzspitze schlägt hin und her.

»Warum nicht? Die meisten Menschen sind nach meiner Beobachtung doch ziemlich bequem. Und außerdem kennt der durchschnittliche Hotelzimmerdieb garantiert nicht das Geburtsdatum seiner Zufallsopfer. Ein richtig leichter Code ist das also nicht.«

Okay, da ist natürlich was dran. Einen Versuch ist es allemal wert, denn *zufälligerweise* kennen wir das Geburtsdatum von Marianne, schließlich haben wir im Bus ihre Geburtstagstorte gefuttert. Und zwar gestern, am siebten September. Unglaublich, dass seitdem erst ein Tag vergangen ist!

»0 – 7 – 0 – 9«, murmle ich.

»Was?«

»0709. Siebter September. Das ist Mariannes Geburtsdatum. Also, falls sie es nicht mit Geburtsjahr eingegeben hat. Dann hat's keinen Sinn, denn das kenne ich nicht.«

Kurz zögere ich, dann tippe ich die Zahlen ein. Klack. Das Licht leuchtet grün – und die Tür springt auf! Juchhu!

»Treffer, versenkt!«, kommentiert Hector trocken, während ich die Safetür vollständig öffne. Der Inhalt des Safes ist allerdings einigermaßen ernüchternd: eine Plastiktüte. Keine Waffen, keine Schmuckstücke. Nein. Wirklich nur eine Plastiktüte.

»Na ja, das hatte ich mir jetzt irgendwie spektakulärer vorgestellt«, spricht mein mongolischer Kumpel genau das aus, was ich denke. Wobei – habe ich diese Tüte nicht schon mal irgendwo gesehen? Ich greife in den Tresor und ziehe sie raus. Zwischen einem auffälligen Wabenmuster in Rot steht *Kaufhaus Schröder*. Könnte das die Tüte sein, die Kim gestern von der Baustelle mitgenommen hat? Ich habe sie zwar nur sehr kurz gesehen und es war schon stockfinster, aber möglich wäre es schon.

»Was ist denn drin?«

»Moment.« Ich werfe einen Blick in die Tüte – und bin überrascht! Alter, das gibt's doch nicht! In der Tüte sind die gleichen Kieselsteine wie in der Adlon-Papiertüte, die Hector vom Gendarmenmarkt angeschleppt hat. Glaube ich jedenfalls. Ich hole eine Handvoll Kiesel heraus.

»Guck mal!« Ich halte sie Hector unter die Nase. »Haben die etwa alle einen Ausflug in die Kiesgrube gemacht? Sind doch die gleichen Steine wie in deiner Tüte, oder?«

Hector schnuppert mit seinem spitzen Näschen einmal über meine Ausbeute.

»Könnte schon sein. Sicher bin ich mir nicht.«

»Na gut. Dann nehmen wir jetzt einfach mal ein paar mit und vergleichen sie. Ich weiß zwar nicht, *was* das zu bedeuten hat. Aber ich bin mir sicher, *dass* es etwas zu bedeuten hat.«

»Gute Idee!«, pflichtet mir Hector bei.

Ich stecke die Kiesel in meine Hosentasche, lege die Tüte zurück in den Safe und verschließe die Tür wieder.

»So. Jetzt bringe ich die Karte zurück, bevor sich Marianne fragt, was ich damit angestellt habe. Und dann machen wir mit unseren Ermittlungen weiter. Ich weiß auch schon, wo.«

Hector kneift seine Äuglein zusammen und mustert mich.

»Auf der Baustelle?«

»Hundert Punkte, Partner. Auf der Baustelle!«

13

Folgen Sie mir unauffällig! Und vergessen Sie die Maus nicht.

Im Hellen sieht die Baustelle bei Weitem nicht so gruselig aus, wie sie mir gestern Nacht vorgekommen ist. Hector schaut neugierig unter dem Zaun hindurch.

»Und hier hat der große Showdown stattgefunden?«

»Ja. Und zwar mit allem Drum und Dran: Schlägerei, Schusswaffengebrauch und wüste Drohungen. Lass uns mal in den Rohbau da vorne gehen und gucken, ob wir noch irgendwelche Spuren finden.«

Ich drücke die Absperrung auseinander und zwänge mich hindurch – allerdings nicht, ohne mich vorher zu vergewissern, dass nicht gerade ein Haufen Bauarbeiter über die Baustelle wuselt. Nope, nichts. Keine Menschenseele. Es handelt sich offenbar um kein dringendes Bauprojekt.

Wir laufen zum Rohbau und kurz darauf stehen wir auch

schon an der Stelle, an der ich gestern dem Typen die Latte ins Kreuz gedonnert habe. Glaube ich jedenfalls. Auf dem Boden liegt nämlich noch das Brett, das gestern zur Tatwaffe wurde.

»Was genau suchen wir?«, erkundigt sich Hector. Ich schaue auf dem Boden umher.

»Weiß auch nicht so recht. Irgendetwas Auffälliges. Vielleicht«, überlege ich, »eine Patrone? Ich bin mir ziemlich sicher, dass ich einen Schuss gehört habe. Dann müsste hier doch auch irgendwo eine Patronenhülse rumfliegen, oder?«

Hectors Schwanzspitze beginnt schon wieder zu zucken.

»Recht hast du! Danach suchen sie in dieser Serie *Tatort* auch immer. Dann mal los!«

»Du guckst *Tatort*?«, wundere ich mich. Meine Eltern machen das zwar auch, obwohl mir wirklich keine langweiligere Sendung im Fernsehen einfällt, aber dass sich Hector hier als Kenner des deutschen TV-Programms erweist, ist echt eine Überraschung.

»Wieso? Ich hab dir doch erzählt, dass ich gern mal einen Blick in den Fernseher werfe. Und da sind menschliche Abgründe für mich nun mal am interessantesten.«

Spricht's und schnüffelt mit seinem Näschen den gesamten Boden rund um das Brett ab. Dann hält er auf einmal abrupt an.

»Guck mal – du lagst genau richtig!«

»Echt?« Ich knie mich neben ihn und entdecke eine messingfarbene kleine Röhre. Tatsächlich! Eine Patronenhülse!

Als ich sie in die Hand nehme, sehe ich, dass in den unteren Rand etwas eingestanzt ist: *Walther 9MM*.

»Ha!«, rufe ich triumphierend. »Es war also doch Kims Waffe! Sie muss sie gestern noch geholt haben, bevor sie mit Mia und Alex hierhergekommen ist. Die Geschichte mit den Fans ist also wirklich völliger Schwachsinn, denn zu einem Treffen mit Fans wird sie wohl kaum bewaffnet gehen.«

»Welche Fans?«

»Na, sie hat mir erzählt, die Typen wären nur durchgeknallte Fans, die *Gimme Four* bedrängt hätten.«

»Sehr schlechte Ausrede«, stellt Hector fest. »Da muss sie sich schon etwas Besseres einfallen lassen, wenn sie uns hinters Licht führen will!«

Ich stecke die Hülse in meine Hosentasche und sehe mich weiter auf dem rohen Betonboden des Baus um. Jede Menge Dreck und Staub, noch ein paar andere Bretter und rostige Stahlbügel. Und ein Feuerzeug. Ein klobiges, viereckiges Feuerzeug aus Metall. Mit einem eingravierten Totenkopf!

»Das gibt's doch nicht!«, japse ich und greife danach.

»Was denn?« Hector macht Männchen und betrachtet das Feuerzeug, das ich ihm auf meiner flachen Hand entgegenstrecke.

»Das Feuerzeug gehört Jay!«, erkläre ich ihm. »Ganz sicher. Hundert Prozent. Nee, tausend Prozent! Er muss auch hier gewesen sein!«

Immer noch Männchen machend, stemmt Hector seine Pfoten in die Hüften, was sehr lustig aussieht.

»Ich hab doch gleich gesagt: Mit dem stimmt etwas nicht! Erst triffst du ihn am Gendarmenmarkt, wo er *zufälligerweise* auch gerade rumspaziert ist. Und nun ist er *zufälligerweise* auch auf dieser Baustelle gewesen. Bisschen viele Zufälle, findest du nicht?«

Ich nicke.

»Da hast du recht. Das finde ich auch mehr als seltsam.«

»Und was machen wir jetzt mit unseren Beweisen? Und überhaupt mit *Gimme Four*? Drehst du jetzt einfach dein Musikvideo oder gehst auf Tournee mit ihnen – und alles ist gut?«

Eine sehr berechtigte Frage. Kopfschütteln meinerseits.

»Nein, ich werde die drei beobachten und herausfinden, was da nicht stimmt.«

»Falsch: *Wir* werden die drei beobachten. Ich lasse dich da nicht hängen. Das ist doch Ehrensache!«

***

Zurück im Adlon, hat sich an der Ausgangslage immer noch nichts Wesentliches verändert: Jay bleibt verschwunden und niemand weiß, wo er abgeblieben ist. Mia, Alex und Kim stecken immer wieder die Köpfe zusammen und tuscheln. Marianne hat das Dauertelefonieren eingestellt und unterhält sich mit angespannter Miene mit Enrico, der nur mit den Schultern zuckt. Schließlich kommt sie zu uns rüber und seufzt.

»Es ist, wie es ist: Jay ist nicht aufzufinden. Länger warten können wir allerdings auch nicht, denn das Hotel kann seine Lobby nicht ewig für uns sperren. Deshalb werden wir hier abbrechen und zurück nach Hamburg fahren.« Sie seufzt noch einmal tief. »Herr Lindström hat sich netterweise bereit erklärt, seine Ausstellungsstücke auch noch mal an einem Ersatztermin zur Verfügung zu stellen, aber es ist natürlich insgesamt eine mehr als ärgerliche Situation. Komplett unverständlich!«

An den Gesichtern von Mia, Alex und Kim kann ich ablesen, dass sie sich nicht ärgern, sondern sich vielmehr Sorgen machen. Ich bin mir sicher, sie wissen nicht, dass Jay gestern noch auf der Baustelle war – denn wenn ich ihn nicht gesehen habe, haben sie es auch nicht.

Enrico klatscht in die Hände.

»So, Ladys! Dann würde ich sagen: Sachen packen und ab nach Hamburg. Ihr holt eure Koffer, ich mache den Bus startklar. Abfahrt in einer halben Stunde.«

Wir trotten zum Fahrstuhl, niemand von uns sagt ein Wort. Ich überlege kurz, ob ich den Mädchen von dem Feuerzeug erzählen soll, verwerfe den Gedanken aber wieder. Wenn ich herausfinden will, was hier wirklich gespielt wird, ist ein kleiner Wissensvorsprung wahrscheinlich nicht schlecht.

Im Bus nach Hause tue ich so, als würde ich ein Nickerchen machen. Ich glaube, einen Small Talk mit den Mädels oder Marianne würde ich nicht überstehen, ohne mich zu verplappern, so übermüdet und gleichzeitig aufgedreht, wie ich gerade bin. Auch Hector gibt zur Abwechslung einfach mal Ruhe. Ich habe ihn wieder zwischen meinen Socken platziert, in die er sich diesmal regelrecht eingekuschelt hat. Weil ich die obere Schnalle meines Rucksacks offen gelassen habe, kann ich sehen, dass das kleine Kerlchen ganz tief ein- und ausatmet und seine Schnurrhaare dabei zittern. Jo. Kein Zweifel – der tut nicht nur so, der schläft wirklich.

Ich überlege kurz, ob ich meine Eltern anrufen soll, um ihnen zu sagen, dass ich heute schon komme und nicht, wie eigentlich geplant, morgen. Dann könnten sie mich gleich mitsamt Gepäck an der Schule einsammeln. Andererseits: Wenn ich meinen Eltern nicht Bescheid sage, kann ich die Verfolgung von *Gimme Four* aufnehmen, ohne dass meine Mum alle fünf Minuten anruft und fragt, wann der Bus endlich in Hamburg ankommt. Also, eindeutig: nicht Bescheid sagen!

Als der Bus schließlich nach drei Stunden Fahrt an der Schule hält, verabschiede ich mich erst einmal überschwänglich von meinen Mitreisenden.

»Vielen Dank, das war eine ganz tolle Erfahrung für mich!«, behaupte ich pseudo-euphorisch.

Kim verzieht den Mund.

»Na ja, leider auch wirklich nur 'ne Erfahrung. Ein Video ist schließlich nicht dabei rausgekommen.«

»Ist für den Anfang vielleicht auch besser«, ätzt Mia in meine Richtung und wickelt sich ganz unschuldig eine Strähne ihrer roten Locken um den Finger. »Dann kann unsere Tessa noch ein bisschen an ihrer Perfomance feilen, ne?« Noch ein betont unschuldiger Augenaufschlag in meine Richtung, dann grinst sie Alex zu, die schon angefangen hat zu kichern.

Was für blöde Kühe! Aber ich lasse mich davon nicht provozieren, denn ich will, dass die drei endlich losgehen, damit ich ihnen unauffällig folgen kann. Wenn dann jede von ihnen brav nach Hause läuft, habe ich Pech gehabt, aber mein frisch erwachter Ermittlerinstinkt sagt mir, dass dem nicht so sein wird.

»Ich würde vorschlagen, *jede* von euch feilt noch mal an ihrer *Performance*!«, verkündet Marianne mit einem bösen Lächeln, als sie mit ihrer Tasche aus dem Bus klettert und an uns vorbeigeht. »Es besteht nämlich überhaupt kein Grund zur Überheblichkeit. Klar, es ist heute an Jay gescheitert. Aber richtig zufrieden war ich mit eurem Auftritt in den letzten beiden Tagen nicht.«

Betretenes Schweigen. Kim räuspert sich.

»Tut mir leid, Marianne. Die Erwartung an die beiden Tage war hoch. Aber wir werden unser Ziel noch erreichen. Unser Plan wird aufgehen, ganz sicher.«

Hä? Welcher Plan? Marianne hebt kurz die Augenbrauen, sagt aber nichts. Dann nickt sie uns zu.

»Gut. Wir sprechen morgen, wie es weitergeht. Tessa, was ist mit deinen Eltern? Holen die dich hier gleich ab oder soll ich dich rumfahren?«

»Nicht nötig, die kommen gleich«, schwindle ich. »Sie müssen nur eben noch was besorgen, dann sind die da.«

»Gut«, stellt unsere Managerin fest. »Grüße sie von mir!« Dann geht sie in Richtung Lehrerparkplatz, wo ihr Auto steht. Ich greife mir meinen Rucksack und schultere ihn ganz vorsichtig, damit der arme Hector nicht so sehr durchgeschüttelt wird.

»Ciao!« Ich winke Kim, Alex und Mia möglichst lässig zu und tue so, als würde ich zum vorderen Ausgang des Schulhofs gehen. Die drei winken lahm zurück, dann setzen sie sich mit ihrem Gepäck in Bewegung. Und zwar gemeinsam, nicht in drei verschiedene Richtungen! Das ist schon mal vielversprechend, finde ich.

Ich warte, bis sie um die Ecke gebogen sind, dann gehe ich hinterher und versuche, mich dabei möglichst immer hinter Bäumen oder parkenden Autos zu halten. Gott sei Dank sind die Mädels mal wieder so in ein Gespräch vertieft, dass sie überhaupt nicht auf die Idee kommen, sich mal umzudrehen.

Kurz darauf wird mir klar, was sie ansteuern: den S-Bahnhof. Mittlerweile ist auch Hector wach und lugt über den Rand des Rucksacks vorsichtig an meiner Schulter vorbei.

»Sag mal, wollen die etwa S-Bahn fahren?«

»Ich glaube schon.«

»Och nö! Bitte nicht! Ich will dir nicht zu nahe treten – aber meine letzte S-Bahn-Fahrt mit dir endete im Krankenhaus.«

»Hallo? Und wessen Schuld war das? Doch wohl nicht meine!«, schnaube ich, während ich möglichst unauffällig in den S-Bahnhof laufe.

»Ja, okay, vielleicht lag es auch ein kleines bisschen an mir. Trotzdem: Ruf uns lieber ein Taxi.«

»Ein Taxi? Wie wollen wir denn mit einem Taxi Menschen verfolgen, die S-Bahn fahren?«, zische ich ihm über die Schulter zu. »Denkst du, das kann auf den Schienen hinterherfahren?«

»War ja nur ein Vorschlag«, mosert die Maus. »Ich wollte lediglich verhindern, dass es wieder zu einer Katastrophe kommt.«

Ich muss mich jetzt sehr darauf konzentrieren, immer schön hinter irgendwelchen Passanten zu bleiben, damit ich bei meiner Verfolgungsjagd nicht doch noch entdeckt werde. Immerhin schaffe ich es so unerkannt bis auf den Bahnsteig, wo genau in diesem Moment die S1 einfährt. Kim, Mia und Alex stehen ungefähr zwanzig Meter entfernt von mir und steigen in den ersten Waggon. Ich nehme den mittleren und bleibe im Windschatten einer Gruppe Senioren, die gut gelaunt und mit Rollkoffern ausgestattet ebenfalls einsteigen.

»Und wie willst du wissen, wo die aussteigen?«, wirft Hector eine berechtigte Frage auf, während ich mich in der Nähe der Zugtüren postiere.

»Ganz einfach«, erkläre ich ihm. »Ich schau raus. Wenn ich sehe, dass die drei ausgestiegen sind, springen wir schnell hinterher.«

»Aber nicht, dass du wieder in der Tür hängen bleibst!«

»Pass mal auf, Mr Oberschlau, wenn du nicht damit aufhörst, dann kannst du gleich zu Fuß gehen. Oder einfach zum Flughafen weiterfahren. Wenn ich mir die anderen Fahrgäste so ansehe, wollen die bestimmt auch dorthin.

Vielleicht kann dir einer von ihnen helfen, nach Ulan Bator einzuchecken!«

Hector murmelt irgendetwas, das ich nicht verstehe. Gut möglich, dass es nicht gerade schmeichelhaft war. Mir wurscht, ich hab hier schließlich einen Job zu erledigen!

Am S-Bahnhof Landungsbrücken steigen die Mädchen aus und auch ich kann meinen Waggon unauffällig mit einer Gruppe anderer Fahrgäste verlassen – ist wirklich gar kein Problem! Auf dem Bahnsteig warte ich kurz hinter einer der türkis gekachelten Säulen, während Kim, Alex und Mia zielstrebig die Rolltreppen ansteuern. Mit genügend Sicherheitsabstand schlage ich den gleichen Weg ein. Offenbar wollen die drei in die U-Bahn umsteigen. Tatsache: Meine Bandkolleginnen steigen wirklich in die U3 ein, ich in bewährter Undercover-Manier hinterher.

»Sind wir bald da?«, mosert Hector.

»Woher soll ich das wissen? Die U3 fährt bis Wandsbek. Das ist 'ne ziemliche Strecke. Ich hoffe, die Mädels haben ein etwas näheres Ziel.«

Haben sie. Sie steigen sogar schon an der nächsten Haltestelle aus. Die Station Baumwall liegt direkt an der Elbe, von hier aus kann man bequem zu Fuß zur Elbphilharmonie laufen, dem berühmten Konzerthaus aus Glas, dessen Dach wie eine gigantische Welle aussieht. Meine Eltern fahren immer mit der U-Bahn bis Baumwall, wenn sie ins Konzert wollen. Jedenfalls, seitdem Papa mal über dreißig Euro im Elbphi-Parkhaus losgeworden ist und jetzt immer so davon berichtet, als sei er auf offener Straße ausgeraubt worden.

Allerdings bezweifle ich, dass Kim, Alex und Mia in das berühmte Konzerthaus wollen. Zwar laufen sie auch noch über die Niederbaumbrücke und kommen ihm damit immer näher, aber ihre Klamotten sprechen doch schwer gegen einen Konzertbesuch.

Ich behalte recht – direkt nach der Brücke biegen die Mädchen scharf links ab und gehen weiter in die Speicherstadt. Diese turmhohen Häuserzüge aus rotem Backstein mit ihren spitzen Giebeln und hellgrünen Kupferdächern, die vor fast hundertfünfzig Jahren für die Hamburger Kaufleute gebaut wurden, sehen immer noch unglaublich imposant aus. Bei keiner guten Stadtrundfahrt durch Hamburg darf die Speicherstadt deshalb fehlen – aber ich kann mir auch nicht vorstellen, dass die *Gimme-Four*-Truppe auf Sightseeing-Tour gehen will. Sehr rätselhaft!

Kim wird langsamer und schaut sich nach links und rechts um. Ich stelle mich hinter einen weißen Lieferwagen – in dieser Seitenstraße sind einfach zu wenig Menschen unterwegs, um nicht gleich aufzufallen. Ich warte kurz, dann laufe ich weiter, immer in sicherer Entfernung zu den dreien. Die steuern nun eines der großen Speicherhäuser an. Wollen die da etwa rein?

Keine zwei Sekunden später sind sie durch die grüne Tür in dem großen Torbogen verschwunden. Ich seufze – mir ist wirklich nicht wohl dabei, aber da muss ich jetzt auch rein.

»Was ist denn das bloß für ein Gebäude?«, will Hector von mir wissen. »Das sieht ja echt komisch aus!«

»Das ist ein altes Lagerhaus. Die Speicherstadt ist ein riesiger Lagerhauskomplex«, erkläre ich ihm. »Hierher wurden die Waren der Hamburger Kaufleute von den Schiffen gebracht. Tee, Kaffee, Teppiche – so ein Krempel halt. Ich glaube, das musste hier früher nicht verzollt werden, das gehörte zum Freihafen«, krame ich mein dürftiges Grundschulwissen hervor. Aber um Hector zu beeindrucken, reicht es gerade noch. Denn der pfeift durch seine Zähne.

»Wow, du kennst dich ja aus! Dann kannst du mir sicher auch meine nächste Frage beantworten.«

»Hau raus!«

»Was machen die hier?«

Ich zucke mit den Schultern.

»Keine Ahnung. Nicht die geringste. Aber wir werden es herausfinden!«

14

Eine unglaubliche Entdeckung!

Direkt hinter der Tür befindet sich ein Treppenhaus. Besonders hell ist es nicht, aber es reicht, um nicht über meine eigenen Füße zu stolpern. Oder *falls* ich stolpere, liegt es jedenfalls nicht an den Lichtverhältnissen. Ich horche angestrengt in das Treppenhaus hinein – nichts! Mist! Wie soll ich die Mädchen jetzt wieder aufspüren? *Aufspüren?* Das ist es! Ich ziehe mir den Rucksack vor die Brust, sodass ich Hector genau auf Augenhöhe habe.

»Hab ich das richtig verstanden, dass du die größte Spürnase seit Rennschwein Rudi Rüssel bist?«

»Wer ist das?«, fragt Hector und klingt pikiert.

»Mann, das war ein Witz! Wegen *Rüssel* wie Nase, verstehst du?«

»Haha. Sehr lustig.« Hector guckt mich böse an. Seit wann ist der denn so humorlos? »Aber egal. Die Antwort lautet: Ja. Ich bin die größte Spürnase. Aller Zeiten übrigens. Was soll ich tun?«

»Du sollst die Witterung von Alex, Mia und Kim aufnehmen und mir sagen, in welches Stockwerk sie verschwunden sind. Ich trage dich vor mir her und gehe langsam die Stufen hoch. Du sagst, wenn wir am Ziel sind, okay?«

Hectors Schwanzspitze schlägt hin und her – ein Zeichen dafür, dass er nachdenkt. So viel habe ich mittlerweile schon mitbekommen.

»Was ist? Keine gute Idee?«, will ich wissen.

»Doch, doch, natürlich. Ist für mich auch kein Problem. Ich habe nur gerade überlegt, ob Kim wohl immer noch eine Waffe dabeihat und möglicherweise damit schießen würde, wenn sie merkt, dass wir sie verfolgen.«

»Hast du etwa Schiss?«

»Ich? Nein, natürlich nicht. Ich bin nur … äh … für ein überlegtes, besonnenes Vorgehen.«

»Du *hast* Schiss«, stelle ich fest. »Na gut. Dann würde ich sagen, du wartest hier unten und ich versuche, die drei auf eigene Faust zu finden. Wünsch mir Glück!« Mit diesen Worten bücke ich mich und setze Hector auf den Boden.

»Hey, nun warte doch mal! So war das doch gar nicht gemeint. Natürlich bin ich mit von der Partie. Angst? Was ist das? Ein Dschingisiin Hector weiß nicht mal, wie man das schreibt!«

»Richtig. Liegt vielleicht auch daran, dass du überhaupt nicht schreiben kannst.«

Dazu sagt Hector nichts mehr, sondern macht Männchen

und springt auf meine Hand, als ich mich wieder zu ihm hinunterbeuge. Vorsichtig richte ich mich auf und gehe die Stufen in den ersten Stock hoch.

»Riechst du schon was?«, erkundige ich mich neugierig.

Hector nickt und schnauft.

»Ja, ja. Hier sind sie noch lang. Kannst weitergehen.«

Ich gehe also in den zweiten Stock und pausiere kurz an der Tür, die vom Treppenhaus in das Stockwerk führt.

»Hier?«, will ich wissen.

»Weiter!«, weist mich die Maus knapp an. Das gleiche Spiel wiederholt sich noch dreimal, bis wir im sechsten Stock angekommen sind. Wenn Hector jetzt wieder sagt, dass ich weitergehen soll, weiß ich, dass ich auf einen Hochstapler reingefallen bin. Mehr als sechs Stockwerke gibt es in diesem Haus nämlich nicht!

»Stopp!«, ruft die Maus und rudert mit den Pfoten wild in der Luft herum. »Hier ist es! Hier geht die Fährte zur Tür – ganz sicher!«

Ich hole tief Luft, dann drücke ich die Tür in den sechsten Stock so leise und vorsichtig wie möglich auf. Sobald ich mich durchgeschoben habe, schließe ich sie genauso vorsichtig wieder, damit sie mir nicht noch aus der Hand rutscht und mit einem lauten Knall zufällt.

Der Raum hinter der Tür ist riesig – mit Decken, die bestimmt fünf Meter hoch sind. Überall stehen große Kisten und Kartons herum, es riecht ein bisschen muffig. Die unverputzten Wände sind aus dem gleichen roten Backstein wie die Fassade des gesamten Hauses. Im Raum selbst stehen allerdings mehrere Trennwände, die vermutlich erst später aufgestellt wurden. Wie 1880 sehen sie jedenfalls nicht aus. Sie versperren mir die Sicht auf die Mitte des Raums. Das ist vermutlich gut so, denn ich kann die Stimmen von Kim, Mia und Alex so deutlich hören, dass sie direkt vor mit stehen müssen. Ohne die Wand hätten sie mich bestimmt schon entdeckt.

»Ich gebe zu, dass die Aktion etwas schiefgegangen ist, Commander«, höre ich jetzt Kim sagen. Commander? Aktion? Das klingt sehr militärisch, nicht gerade wie der Bericht über den verpatzten Drehtag einer Schülerband.

»*Etwas* schiefgegangen? Das scheint mir eine ziemliche Untertreibung zu sein.«

Diese Stimme habe ich noch nie gehört. Ein Mann, nicht ganz alt, nicht ganz jung, würde ich schätzen. Vorsichtig schleiche ich mich im Schutz einiger großer Kisten in einem Bogen um die Stellwand herum, um zu gucken, wem die Mädchen da Rede und Antwort stehen. Ich sehe: niemanden! Die Mädchen reden mit jemandem, der unsichtbar zu sein scheint – genau genommen reden sie mit der Wand!

»Ja, okay, es war nah an der Vollkatastrophe«, räumt Kim ihrem unsichtbaren Gesprächspartner gegenüber nun ein. »Aber immerhin haben wir die Steine.« Sie zieht eine Plastiktüte aus ihrem Rucksack und hält sie hoch. »250 Rohdiamanten. Na ja, 247, um genau zu sein. Drei Stück sind offenbar beim ersten Übergabeversuch am Gendarmenmarkt verloren gegangen.«

Übergabe? Gendarmenmarkt? Ich starre angestrengt hinüber, dann sehe ich es auch: Kim hält nicht irgendeine Plastiktüte hoch. Nein, es ist die Tüte vom Kaufhaus Schröder mit dem roten Wabenmuster! Auweia! Die Kieselsteine waren Rohdiamanten?

Ich würde sagen, dann sind es nicht mehr 247, sondern höchstens noch 237. Oder so. Die anderen Steine habe ich zusammen mit der Papiertüte, die Hector angeschleppt hatte, in meinen Rucksack gesteckt. Gott sei Dank – ich wollte sie schon wegschmeißen! Zwar war mir auch klar, dass es alles die gleichen Steine sind, aber Diamanten? Unglaublich! Die glitzern schließlich gar nicht richtig, sondern schimmern höchstens ein bisschen.

»Hast du gehört?«, flüstert Hector, der nun wieder auf meiner Schulter Platz genommen hat. »Diamanten!«

Ich drehe meinen Kopf zur Seite.

»Klar, ich bin ja nicht taub!«

Dann schaue ich wieder nach vorn, um herauszufinden, mit wem zum Geier sich Kim und Co. da unterhalten. Ich kann immer noch niemanden sehen.

»Ich werde die Steine ins Labor schicken, dann wissen wir bald, ob unser Verdacht stimmt«, ertönt die Stimme wieder.

»Da habe ich überhaupt keinen Zweifel«, meldet sich nun Mia zu Wort. »Ich bin mir sicher, dass die Diamanten Schmuggelware aus Zentralafrika sind. An diesen Steinen klebt Blut, hundertpro!«

»Mannomann!«, raunt mir Hector zu. »Ist dir da was aufgefallen? Ich meine, war da Blut dran? Das hätten wir doch gemerkt, oder?«

»Quatsch«, zische ich ihm zu, »das ist doch bestimmt im übertragenen Sinn gemeint.«

»Hä?«

»Na ja, dass die Diamanten aus irgendeinem grausigen Verbrechen stammen. Das meint man, wenn man sagt, dass Blut an etwas klebt.«

»Die Schlägerei auf der Baustelle? Meint sie die?«

Ich zucke mit den Schultern, sodass sich Hector festkrallen muss, um nicht runterzurutschen.

»Glaube ich nicht. Das war zwar 'ne ziemliche Klopperei, aber so ein richtiges Verbrechen war es dann doch nicht. Es geht anscheinend eher um den Schmuggel, von dem sie gesprochen hat. Aber was genau sie damit meint, weiß ich auch nicht. Und was das mit Zentralafrika zu tun hat, schon mal gar nicht!«

»Morgen wissen wir mehr!«, höre ich die dunkle Stimme von Mr Unsichtbar wieder und dann sehe ich, wie Alex eine kleine Klappe in der Wand vor sich öffnet und Kim die Tüte mit den Steinen in die Öffnung legt.

»Und nun noch mal zu Stewart. Officer Morrison hat mir berichtet, dass es da ein Riesenproblem gibt«, spricht Mr Unsichtbar weiter. »Ihr habt wirklich keine Ahnung, was mit ihm passiert ist? Keine Spur?«

Kim, Alex und Mia schütteln gleichzeitig den Kopf, bevor Kim die Frage beantwortet.

»Nein. Absolut keine Ahnung. Er ist wie vom Erdboden

verschluckt. Seit wir uns am Gendarmenmarkt getrennt haben, haben wir ihn weder gesehen noch irgendein Lebenszeichen von ihm erhalten.«

»Das ist aber ganz schlecht«, stellt Mr Unsichtbar trocken fest.

»Wer ist denn nun schon wieder Stewart? Und Officer Morrison?«, will Hector von mir wissen. Ich überlege kurz. Aber wirklich nur *sehr* kurz!

»Stewart ist bestimmt Jay! Ich meine, er ist der Einzige, der in letzter Zeit verschwunden ist, oder?«

»Stimmt schon. Aber warum nennt ihn diese seltsame Stimme dann Stewart?«

»Schätze mal, Jay ist nur so 'ne Art Tarnname für diesen Stewart. Genauso, wie Morrison vielleicht Enrico ist.«

»Aha. Wozu denn ein Tarnname?«

»Weiß ich doch nicht!«, flüstere ich. »Die ganze Geschichte hier ist mega strange!«

»Du meinst *dubios*?«

»Von mir aus auch das. Wer ist dieser Typ, mit dem sie sprechen? Und vor allem: Wo ist er?«

»Soll ich mal rüberlaufen? Ich kann das ja unauffällig checken.«

»Nee, bleib hier!«, zische ich Hector zu und halte ihn an seinem Schwanz fest, als er schon von meiner Schulter hüpfen will. Fehlte gerade noch, dass der hier rumwuselt und wir wegen ihm entdeckt werden! »Ich will erst hören, was die noch so erzählen, vielleicht wird uns dann klarer, worum es hier geht.«

»Wie kam es zu der Auseinandersetzung mit eurem Kontakt?«, tönt Mr Unbekannt weiter.

»Schätze fast, unsere Tarnung war diesmal zu perfekt«, antwortet Mia, und Kim und Alex kichern.

»Inwiefern?«, hakt die Stimme nach und klingt dabei nicht im Mindesten so amüsiert wie die *Gimme-Four*-Mädels.

»Ist doch klar – die haben gedacht, dass sie Schulmädchen wie uns sehr einfach ausrauben können. Wir waren zuerst zur Übergabe der Steine am Gendarmenmarkt verabredet«, erklärt Alex. »Ich hatte das Bargeld dabei. Zwanzigtausend, genau wie gefordert. Die Steine sollten in einer Tüte an einem vereinbarten Ort abgelegt werden, dann hätte ich das Geld übergeben. Aber bevor es dazu kommen konnte, gab es einen Zwischenfall mit zwei Hunden. Ich weiß nicht, warum, aber sie stürmten mit einem Mal auf uns zu und wir mussten abbrechen. Da hatte ich die Typen aber schon gesehen und sie kamen mir, offen gestanden, sehr verdächtig vor.«

»Nicht nur Alex kamen sie so vor, sondern mir auch«, ergänzt nun Kim. »Deswegen habe ich auch meine Waffe mitgenommen, als wir uns das zweite Mal getroffen haben. Stewart als Kontaktmann hatte einen neuen Übergabeort vereinbart. Eine Baustelle in der Nähe des Hotels.« Sie seufzt. »Tja, und da haben die Typen versucht, uns zu überfallen, als wir uns mit ihnen getroffen haben.«

Alter Falter! So langsam wird mir klar, dass ich mit Sicherheit nicht Mitglied einer Schülerband geworden bin, sondern dass die Truppe hier ein ganz anderes Rad dreht. Schmuggel, Geldübergabe, Waffen – was kommt wohl als Nächstes? Menschenhandel? Bandenkriege?

Es knistert und knackt über uns in der Decke, dann spricht Mr Unsichtbar wieder.

»Nun gut. Wie ich schon sagte: Wir nehmen jetzt eine Analyse vor. Um Stewart kümmert sich Morrison, ich werde später zu ihr Kontakt aufnehmen. Ihr erscheint morgen wie üblich in der Schule und verhaltet euch unauffällig. Nicht, dass dieses neue Mädchen noch Verdacht schöpft. Für weitere Ermittlungen werde ich euch zu gegebener Zeit kontaktieren.«

»Verstanden, Sir«, rufen Kim, Mia und Alex im Chor. Dann verstummt die Stimme und die drei murmeln sich etwas zu, was ich nicht verstehen kann. Kurz meine ich, meinen Namen gehört zu haben, aber mehr bekomme ich nicht mit, dafür sprechen die Mädchen zu leise. Dann drehen sie sich abrupt um. Wenn sie jetzt zum Ausgang wollen, müssen sie direkt an mir vorbei. Ich muss mich besser verstecken, sonst sehen sie mich sofort!

Ich entdecke eine Truhe, die so groß ist, dass ich mich vielleicht dahinter ducken könnte. Mit etwas Glück sehen sie mich nicht, wenn sie gleich daran vorbeilaufen. Schließlich rechnen sie ja nicht mit mir, und wenn ich mich mucksmäuschenstill verhalte, wird es schon gut gehen. Schnell springe hinter die Truhe und kauere mich auf den Boden.

Mucksmäuschenstill. Genau das ist der Knackpunkt. Denn leider habe ich Hector mit meinem spontanen Sprung zur

Seite so überrascht, dass er sich nicht rechtzeitig an meiner Schulter festkrallt und in genau dem Moment auf dem Boden vor mir landet, in dem ich mich auf die Knie fallen lasse. Mit einem Knie erwische ich leider seine Schwanzspitze.

IIIIEEEEECK!!!! Hector kreischt so laut los, wie es jemandem mit einer Körpergröße von 10 Zentimetern nur möglich ist. Und das ist ziemlich laut. Jedenfalls laut genug, dass Kim, die gerade genau auf unserer Höhe angekommen ist, stehen bleibt.

»Habt ihr das gehört?«, fragt sie die anderen, während ich mich hinter der Truhe so klein wie möglich mache. Die Antwort der Mädchen wartet sie allerdings gar nicht erst ab, sondern macht einen Schritt um die Truhe herum. Ihre Schuhspitzen tauchen keine Sekunde später vor meiner Nase auf.

»Hallo, Tessa! Was machst du denn hier?!«

15

Plötzlich Geheimagentin!

Sofern drei Leute einen einkesseln können, ist es genau das, was Mia, Alex und Kim in diesem Augenblick mit mir machen. Und an ihren Blicken kann ich sehen, dass sie kurz davor sind, mir an die Gurgel zu gehen. Hector, der doch irgendwie schuld ist an der ganzen Misere, hat sich in meinem Hosenbein versteckt und gibt keinen Mucks mehr von sich. Toll, jetzt darf ich das hier alleine ausbaden und hinterher wird der Herr wieder eine dicke Lippe riskieren!

»Warum bist du uns gefolgt?«, schnaubt Kim und funkelt mich so wütend an, dass ich wirklich inständig hoffe, dass sie ihre Waffe nicht griffbereit hat. Ich überlege kurz. Irgendeine Ausrede erfinden – oder ist Angriff in diesem Fall vielleicht die beste Verteidigung? Die drei machen noch einen Schritt auf mich zu und umringen mich nun so eng, dass ich ihren Atem im Gesicht beziehungsweise im Nacken spüren kann. Hector drückt sich noch ein wenig fester an mein Bein. Okay, der Fall ist klar: Angriff!

»Warum ich euch gefolgt bin?« Ich versuche ein Lachen und hoffe, dass es lässig und nicht hysterisch klingt. »Die Frage muss doch wohl eher lauten, ob ich euch wirklich *erst jetzt* gefolgt bin. Denn dass *Gimme Four* nur die Tarnung für etwas völlig anderes ist, das habe ich schnell gemerkt.«

»Was?!«, ruft Kim und reißt die Augen weit auf. »Was willst du damit sagen?«

»Ganz einfach«, gebe ich mich selbstbewusst. »Mir war so ziemlich von Anfang an klar, dass mit euch etwas nicht stimmt. In Berlin bin ich euch zum Gendarmenmarkt gefolgt und auf der Baustelle war ich danach natürlich auch nicht durch Zufall. Ich war nicht einfach Luft schnappen, als ich euch gehört habe, sondern ich bin euch vom Hotel aus gefolgt. Vorher hatte ich übrigens schon dem Zimmer von Kim einen Besuch abgestattet und ihre Pistole entdeckt. Und die Diamanten in Mariannes Zimmer sind mir auch nicht verborgen geblieben. Vielleicht sollte sie ihren Safe nicht einfach mit ihrem Geburtsdatum sichern!«

»Du hast was?!«, schreit mich Mia an, die nun auch direkt vor mir steht. »Du hast unsere Zimmer durchsucht? Was … was fällt dir ein?«

Ich zucke mit den Schultern.

»Wieso? Du warst es doch, die mich erst auf die Idee gebracht hat, dass ich möglicherweise das falsche Zimmer bekommen habe. Und dann hat jemand Gepäck auf mein Zimmer gebracht, das nicht mir gehörte. Mitsamt einem

Munitionsmagazin für eine Pistole. Ab da war ich mir sicher, dass was faul sein muss – welche normale Band ist den bewaffnet und trägt Munition mit sich herum? Also habe ich mal genauer hingeschaut und mir eine Karte für Kims Zimmer besorgt. Da habe ich dann die Pistole entdeckt und daneben auch die Notiz auf dem Schreibblock gefunden. *Gendarmenmarkt, 21 Uhr.* Da habe ich euch zwar wegen der doofen Terrier verpasst, aber ich bin auf Jay getroffen. Oder sollte ich besser sagen: auf *Stewart*?«

Kim scheint etwas sagen zu wollen – sie öffnet den Mund, schließt ihn dann aber gleich wieder. Ich rede weiter, denn mittlerweile bin ich mutig geworden.

»Übrigens solltet ihr euch meiner Meinung nach wirklich Sorgen um Jay oder Stewart machen. Ich weiß zwar nicht, wie er mit euch zusammenhängt, aber ich weiß, dass er auch auf der Baustelle gewesen sein muss. Denn ich habe dort heute Morgen sein Feuerzeug gefunden.« Ich krame in meiner Hosentasche, ziehe das Feuerzeug mit dem auffälligen Totenkopf hervor und zeige es den dreien. »Hier. Das gehört ihm. Er hat es mir selbst am Gendarmenmarkt gezeigt.«

»Oh, nein!«, ruft Alex und schlägt sich mit der Hand vor den Mund. »Das ist wirklich seins!«

Ich nicke.

»Ja. Kein Zweifel. Ich schätze mal, er ist nach euch auf der Baustelle angekommen und dort noch auf den Schlägertrupp gestoßen.«

»Scheiße!«, ruft Kim. »Sie haben ihn geschnappt!« Mit einem Mal sieht sie mehr als nur besorgt aus – sie scheint regelrecht Panik zu haben. Vielleicht ein guter Zeitpunkt für mich, endlich mal Nägel mit Köpfen zu machen! Ich atme tief durch, dann lege ich los.

»Was geht hier ab? Ich habe eben alles gehört – von dem Diamantenschmuggel und dass an den Steinen Blut klebt! Dass die Klopperei auf der Baustelle das Ergebnis einer missglückten Geldübergabe war und überhaupt – dass ihr mit jemandem zusammenarbeitet, der nicht gesehen werden will. Also, raus mit der Sprache – worum geht es wirklich bei *Gimme Four*?«

Die Mädchen gucken sich an. Schließlich räuspert sich Kim.

»Wir sollten es ihr sagen.«

Mia schüttelt den Kopf so heftig, dass ihre roten Locken hin und her fliegen.

»Auf gar keinen Fall! Was willst du mit ihr machen, wenn sie alles weiß?«

»Sie verpflichten und neu aufnehmen.«

»Was? Sie ist der ungeschickteste Mensch der Welt! Du kannst sie nicht aufnehmen! Nicht, ohne ein Riesenchaos zu verursachen! Das könnte die gesamte Organisation zu Fall bringen!«

Erstens: So eine Frechheit! Zweitens: Was für eine *Organisation*?

»Also, wenn ich auch mal was dazu sagen darf«, meldet sich nun Alex zu Wort, »vielleicht ist es gar nicht so schlecht, dass Tessa so ein Riesentollpatsch ist. Ist doch die perfekte Tarnung. Sie wäre ein Wolf im Schafspelz!«

Mia verzieht den Mund.

»Quatsch! Sie wäre ein Schaf im Schafspelz!«

»Nein, Alex hat recht«, schlägt sich Kim auf Alex' Seite. »Tessas Art wäre die perfekte Tarnung.«

»Hallo?! Könnt ihr mal aufhören, über mich zu sprechen, als wäre ich gar nicht da?«, bricht es jetzt aus mir heraus. »Tarnung wofür?«

Kim, Mia und Alex gucken sich an, schließlich zuckt Mia mit den Schultern und seufzt, was wohl so viel wie *okay* heißen soll.

»Alsooo«, sagt Kim und zieht das O dabei so lang wie Kaugummi, »du willst wissen, was hinter alldem steckt? Wer wir sind und was wir machen?«

Ich nicke.

»Wir drei, Mia, Alex und ich, sind in Wirklichkeit die *schnelle Eingreiftruppe* für einen international agierenden Agentenring. Ein Agentenring, der angetreten ist, die Welt ein bisschen besser zu machen. Wo auch immer kriminelle Organisationen ihr Unwesen treiben – ob Kinderarbeit, Waffenhandel und andere finstere Machenschaften, RING sagt ihnen den Kampf an!«

»RING?«, echoe ich.

»Ja, **RING**. Das bedeutet *Rescue by International Non-Government Agents*. Non-government agents heißt Nicht-Regierungs-Agenten, weil wir eben keiner bestimmten Regierung dienen, sondern nur unseren eigenen Zielen verpflichtet sind.«

»Aha.« Etwas Intelligenteres fällt mir dazu nicht ein.

»Weil kein Krimineller damit rechnet, von Schulkindern verfolgt zu werden, sind wir als *Gimme Four* perfekt getarnt. Harmlose Schülerinnen, die als bekannte Band in Deutschland herumreisen können, ohne dass sich jemand darüber wundert. Und vielleicht sind wir mit jemandem wie dir sogar noch ein bisschen perfekter getarnt.«

»Äh, mit mir?«, stammle ich. »Mit mir als Agentin?«

Kim nickt.

»Ja, denn eines ist doch wohl klar: Du hast uns enttarnt. Und nun musst du mitmachen. Nur so ist schließlich sichergestellt, dass du uns nicht verrätst!«

»Ja, also, äh …«, stottere ich und weiß nicht recht, wie ich auf diese Enthüllung reagieren soll.

»Willst du etwa nicht?«, fragt Mia und stemmt die Arme in die Hüften. Der Ton, in dem sie das sagt, gefällt mir überhaupt nicht. Er klingt irgendwie … *bedrohlich*! Und dass ich mir das nicht einbilde, merke ich daran, dass sich Hector ganz fest an mein Bein klammert.

»Nun sag schon endlich, dass du mitmachst!«, flüstert er. »Ich will nicht, dass die dich gleich einen Kopf kürzer machen!«

Nee, das will ich natürlich auch nicht, also ringe ich mir ein Lächeln ab und beantworte Mias Frage.

»Doch, doch, natürlich mache ich mit. Sehr gern sogar! Ich fühle mich geehrt!«

Letzteres ist nicht mal gelogen, denn die Aussicht, vom Volltrottel zur Geheimagentin befördert zu werden, finde ich gar nicht schlecht! Vor allem, wenn sich der Agentenring offenbar dazu verpflichtet hat, dem Guten auf der Welt zum Sieg zu verhelfen. Mia nimmt die Arme wieder aus den Hüften.

»Dann ist ja gut!«

»Aber vielleicht erklärt ihr mir mal, worum es hier überhaupt geht?«, frage ich dann.

»Wir sind der Diamantenmafia auf der Spur«, sagt Kim und guckt dabei grimmig. »Das ist eine kriminelle Vereinigung, die weltweit mit Blutdiamanten handelt. Weißt du, was das sind, Blutdiamanten?«

Ich schüttle den Kopf.

»Offen gestanden, nicht so richtig.«

»Blutdiamanten sind Diamanten, die aus Krisengebieten stammen. Mit ihrem Handel werden ganze Bürgerkriege finanziert. Waffen werden gekauft, Kindersoldaten werden ausgebildet, die Spirale der Gewalt nimmt kein Ende! Der Handel mit diesen Steinen ist eigentlich verboten, aber skrupellose Zwischenhändler kümmern sich nicht um dieses Verbot. Sie liefern die Steine weiterhin in alle Welt, die Herkunftszertifikate fälschen sie einfach.«

Wow! Ganz schön viel Information!

»Was sind denn Herkunftszertifikate?«, will ich wissen.

»Das sind Urkunden, mit denen Händler beweisen, dass ihre Waren nicht aus Kriegsgebieten stammen«, erklärt mir Alex. »Aber die im Fall der Blutdiamanten natürlich gefälscht werden. Und zwar von der Diamantenmafia.«

»Und wer steckt dahinter?«

»Es gibt verschiedene Banden überall auf der Welt«, erzählt Mia, »auch hier in Deutschland. Das hat RING herausgefunden. Und deswegen haben wir, die Hamburger Zelle, die Aufgabe bekommen, diese Bande mit einem Auftrag zu ködern. Nur wenn man diesen Händlern das Handwerk legt, hat man eine Chance, den schlimmen Kreislauf zu unterbrechen.«

Jetzt kommt auch Kim wieder zu Wort.

»Wir treten als Diamantenkäufer auf«, sagt sie, »besser gesagt, Marianne. Wir wollten erst mal an eine Warenprobe kommen, um den Verdacht zu erhärten. Anhand der gelieferten Steine kann man nämlich im Labor überprüfen, ob diese wirklich aus der Gegend stammen, die im Zertifikat angegeben ist – oder eben nicht.«

»Ella wiederum kümmert sich gerade um die Mittelsmänner direkt vor Ort in der Republik Zentralafrika«, sagt Alex. »Deswegen wurde sie aus Hamburg abgezogen. Sie wurde in Afrika dringender gebraucht. Ella hat mit ihren Eltern einige Jahre im Nachbarland Kongo gelebt und spricht perfekt Französisch. Damit ist sie genau die Richtige für den Job.«

»Ach so, sie ist also gar nicht nach Singapur gezogen?«, staune ich. Die drei Mädchen grinsen.

»Nee, Singapur war ein Märchen.« Alex kichert. »Damit niemand nachfragt, wo Ella steckt. Sie ist momentan in Bangui, der Hauptstadt der Zentralafrikanischen Republik, und hat von dort den Kontakt zu der Berliner Bande hergestellt. In Berlin hat dann Stewart übernommen.«

»Er ist unser sogenannter *Stringer*, ein Kontaktmann«,

sagt Kim. »Die Tatsache, dass er ein erstaunlich guter Tänzer ist, hat die Tarnung perfekt gemacht. Marianne musste ganz schön lange suchen, um jemanden zu finden, der gut ins offizielle Team von *Gimme Four* passt. Stewart hat dann den Kontakt zur Bande hergestellt. Er sollte nach der Übergabe die Wege der Mittelsmänner verfolgen, um an den Kopf der Bande heranzukommen.«

»Unglaublich«, murmle ich, »das ist wirklich unglaublich! Eben noch war ich eine ganz normale Schülerin und jetzt unterhalte ich mich mit euch über die Diamantenmafia und einen Bürgerkrieg am anderen Ende der Welt!«

»Weißt du«, fährt Alex fort, »Zentralafrika ist eigentlich ein reiches Land. Es gibt dort Uran, Öl, Gold und eben Diamanten. Trotzdem ist die Bevölkerung bettelarm. Denn im Konflikt zwischen Rebellen und Regierung werden die Menschen gezwungen, in den Minen zu schuften und nach Gold und Diamanten zu schürfen. Von dem Gewinn bekommen sie aber so gut wie nichts ab. Stattdessen finanzieren die Konfliktparteien damit ihren Krieg. Schon Kinder werden gezwungen, Soldaten zu werden. Es ist einfach grausam!«

»Verstehe«, sage ich. »Aber noch mal zurück nach Berlin. Da ist die Übergabe der Steine dann ziemlich in die Hose gegangen, würde ich sagen. Oder?«

Mia seufzt.

»Das kann man wohl sagen. Eigentlich war geplant, dass Stewart die Übergabe beobachtet und den Gangstern dann unbemerkt folgt. So hätten wir die Steine für die Analyse gehabt und zudem erfahren, von wo aus genau die Bande agiert. Aber das hat nicht geklappt. Die Typen, die uns die Steine aushändigen sollten, haben versucht, uns zu überfallen. Und Stewart ist am nächsten Tag nicht wieder aufgetaucht. «

»Wenn du nicht gekommen wärst, wäre es ihnen eventuell sogar geglückt, uns die Steine wieder abzunehmen.« Alex grinst und klopft mir auf die Schulter. »Also, das war gar nicht von schlechten Eltern, wie du dem einen Typen eins mit dem Brett übergebraten hast.«

»Seht ihr«, lacht Kim. »Genau das meinte ich – als Tessa uns erzählt hat, sie sei spazieren gegangen, weil sie nicht schlafen konnte und uns nur zufällig gefunden habe, haben wir ihr das glatt geglaubt. Weil man ihr eben gar nicht zutraut, dass sie so scharfsinnig ist! Ich meine – ich hätte nie im Leben gedacht, dass Tessa in der Lage ist, den Tresor von Marianne zu knacken! Tessa passt perfekt zu uns!«

Ich bin mir nicht sicher, ob das wirklich ein Kompliment ist, aber böse ist es wahrscheinlich auch nicht gemeint. Und wenn ich ehrlich bin – ein ganz kleines bisschen recht hat Kim damit schon. Es ist nicht ganz falsch zu sagen, dass ich ab und zu etwas ungeschickt bin.

»Und wie geht es nun weiter?«, frage ich. »Ich meine, was ist denn jetzt mit Stewart? Das Feuerzeug beweist doch, dass er auf der Baustelle gewesen sein muss.«

»Tja«, seufzt Kim, »vermutlich haben ihn die Typen entdeckt und mitgenommen. Das allerdings verheißt nichts Gutes, denn die haben überhaupt keine Skrupel.«

In diesem Moment zupft es an meinem Hosenbein. Hector. Er ist offenbar aus seiner Schockstarre erwacht.

»Wenn ich dazu auch mal was sagen darf …«

»Schhhh!«, zische ich möglichst leise und drehe mich dabei unauffällig zur Seite.

»Es ist aber wichtig!«, beharrt die Maus.

»Schhhhh!!!« Diesmal klingt es hoffentlich so energisch, dass der Mongole endlich die Klappe hält. Sosehr ich offensichtlich mittlerweile in der Achtung meiner neuen Agentenkolleginnen gestiegen bin – ich bin mir nicht sicher, wie sie auf eine sprechende Maus reagieren.

»Was hast du gesagt?«, fragt Kim.

»Nichts, nichts. Ich … habe nur ein Niesen unterdrückt.«

»Oh, Gesundheit!«, ruft Mia.

Ich lächle schief.

»Von wegen *ein Niesen*!«, motzt Hector. »Ich würde dir gern meinen begründeten Verdacht mitteilen, dass man diesem Stewart vielleicht doch mal genauer auf die Finger …«

»Still«, fauche ich, so leise es nur geht, »du hast doch gehört, dass Stewart für RING arbeitet.« Dann drehe ich mich wieder zu den Mädchen.

»Also, was nun?«, wiederhole ich meine Frage von eben. »Ihr müsst jetzt schließlich zwei Sachen auf die Reihe kriegen: Wenn ich euch richtig verstanden habe, dann habt ihr den Kopf der Bande immer noch nicht ausfindig gemacht und außerdem muss Stewart gerettet werden. Wie ist der Plan?«

»Das ist eine sehr gute Frage«, bestätigt Alex. »Wir werden sie mit jemandem diskutieren, der für seine brillanten Pläne bekannt ist.«

»Genau!«, pflichtet ihr Mia bei. »Lasst es uns mit Morrison besprechen.«

Morrison – ich bin wirklich gespannt, wer sich hinter diesem Namen verbirgt!

16

Willkommen im Club!

»Ihr seht mich sprachlos – und das ist wirklich selten!« Mariannes erste Worte, nachdem sie bestimmt zwei Minuten geschwiegen hat, klingen nach einer Mischung aus ungläubigem Entsetzen und entsetztem Unglauben. Alles in allem kann man nicht gerade behaupten, sie habe die Nachricht, dass ich von der Aushilfs-Gitarristin zur Geheimagentin befördert worden bin, sonderlich erfreut aufgenommen. Sie sitzt mit uns in einem schmucklosen Büro, ein Stockwerk unter dem riesigen Raum im Dachgeschoss des Speicherhauses, und mustert uns böse. Vor einer Viertelstunde hat Kim bei *Morrison* angerufen und um ein Treffen gebeten. Wie sich herausstellt, handelt es sich dabei um Marianne. Sie ist sofort in die Speicherstadt gekommen.

»Wie habt ihr euch das bloß gedacht?«, will sie nun von Alex, Kim und Mia wissen. »Ich habe Tessa ausgesucht, weil sie wirklich völlig naiv und ahnungslos ist – einfach die perfekte Ergänzung für *Gimme Four*. Ich war mir sicher, dass sie nie hinter unser Geheimnis kommen würde – und ihr geht hin und verratet es? Einfach so?« Sie schüttelt den Kopf.

»*Einfach so* war es nicht!«, verteidigt sich Kim. »Sie ist uns heimlich gefolgt und hatte unser Gespräch mit der Zentrale belauscht.«

»Und einen Verdacht hatte sie auch schon längst«, schiebt Mia hinterher. »Sie hat die Edelsteine gefunden – übrigens in deinem Zimmer! Was auch daran liegt, dass du als Code für deinen Tresor ernsthaft dein Geburtsdatum gewählt hast.«

Marianne fährt zu mir herum und fuchtelt mit ihrem Zeigefinger vor meiner Nase herum.

»Du hast mein Zimmer durchsucht?« Okay, jetzt ist sie richtig sauer!

»'tschuldigung!«, murmle ich lahm. »Aber das habe ich auch nur gemacht, weil ich vorher dazugekommen bin, als die Mädchen überfallen wurden. Außerdem hatte ich schon festgestellt, dass sie bewaffnet sind. Das kam mir für eine Schülerband echt seltsam vor.« Mein Hals fühlt sich ganz trocken an, ich muss mich räuspern. Marianne starrt mich immer noch sehr böse an, unsicher rede ich weiter. »Ich wollte wissen, was hier gespielt wird. Als du mir dann deine Zimmerkarte gegeben hast, da musste ich einfach nachschauen, ob ich noch etwas Verdächtiges finde.«

Marianne verschränkt die Arme vor der Brust und mustert mich streng. Dann seufzt sie.

»Gut. Oder vielmehr schlecht. Das Kind ist in den Brunnen gefallen, es lässt sich nicht mehr ändern. Wir müssen entscheiden, wie es nun weitergeht. Kim, du sagst, ihr hättet einen Hinweis auf Stewart.«

»Ja«, bestätigt Kim. »Tessa hat sein Feuerzeug auf der Baustelle gefunden. Er muss nach uns dort gewesen sein und hat es vermutlich verloren, als die Diamantenmafia ihn geschnappt hat.«

»Verdammt!«, flucht Marianne. »Dann brauchen wir jetzt einen Plan, der zwei Ziele verfolgt.«

»Zwei?«, fragt Alex nach.

»Ja, zwei«, bestätigt sie entschlossen. »Denn zum einen müssen wir die Hintermänner der Diamantenmafia schnappen. Und zum anderen Stewart retten.«

Kim lacht, während Marianne sie mit gerunzelter Stirn betrachtet.

»Was ist daran so lustig?«

»Nichts. Nur, dass Tessa vorhin exakt das Gleiche gesagt hat. Dass wir jetzt einen Plan brauchen, der zwei Probleme löst.«

Nun wendet sich Marianne wieder mir zu und schaut mich nachdenklich an.

»Hm«, sagt sie schließlich, »vielleicht habe ich dich unterschätzt, Tessa Neumann. Vielleicht bist du doch genau die richtige für unser Team! Willkommen im Club!«

Ich merke, wie ich rot werde.

»Danke!«, stammle ich und ärgere mich gleichzeitig darüber, dass ich so kleinlaut klinge. So wird mir nie jemand etwas zutrauen! Ich hole tief Luft und versuche, mit kräftiger Stimme weiterzusprechen. »Ich habe schon darüber nachgedacht, wie ein Plan aussehen könnte, mit dem wir beides auf die Reihe bekommen.«

»Ach ja?« Marianne sieht überrascht aus, aber ich versuche, mich davon nicht weiter verunsichern zu lassen, denn schließlich bin ich jetzt Agentin eines internationalen Geheimdienstes.

»Ja. Wir müssen die Operation nach Hamburg verlegen«, sage ich betont markig. Kim, Alex und Mia fangen an zu lachen. Frechheit! Marianne allerdings lacht überhaupt nicht, sie schaut mich ernst an und sagt nur ein Wort.

»Warum?«

Alle Augen richten sich auf mich, mir wird ganz warm.

»Weil wir hier einen klaren Heimvorteil haben. Wir könnten alles genauso vorbereiten, wie wir es brauchen, und werden nicht so unangenehm überrascht wie in Berlin. Wir könnten zum Beispiel sagen, dass es für weitere Geschäfte ein Treffen zwischen Marianne und dem Chef der Bande geben muss. Und dann geben wir noch vor, dass sie Stewart mitbringen müssen, da der Deal sonst platzt. Dann bringen wir ihn hier in Sicherheit.«

»Hm.« Marianne legt den Kopf schief und denkt offenbar nach. »Vielleicht ist an deiner Idee was dran. Wir warten mal, bis die Analyse da ist und wir wissen, ob die Diamanten tatsächlich aus Zentralafrika stammen. Ist dem so, arrangieren wir ein Treffen in Hamburg, und ich werde behaupten, noch ein paar Millionen in seine Steine investieren zu wollen. Wenn sie dann mit Stewart zusammen hier aufkreuzen, schnappt die Falle zu, und wir haben gleich den Chef dingfest gemacht.«

»Und wenn nicht?«, frage ich nach. »Wenn die Steine keine Blutdiamanten sind, meine ich?«

»Dann gibt es kein Treffen. Dann waren die Typen, die euch überfallen haben, nur ganz gewöhnliche Ganoven, die mit ein paar Rohdiamanten als Köder einen stinknormalen Raubüberfall geplant hatten. Darum kümmert sich RING nicht.«

Ich muss schlucken.

»Aber ... aber was wird dann aus Stewart?«

»Stewart ist erwachsen und macht seinen Job nicht erst seit gestern, Tessa. Seine Vita und Ausbildung für diesen Job waren tadellos. Er hat mir erzählt, dass er beim New York Police Departement gelernt hat. Von so einem erfahrenen Mann können wir erwarten, dass er sich allein aus einer misslichen Lage befreit, wenn es nötig ist. Wenn wir ihm helfen können, werden wir es tun. Wenn nicht, dann nicht. Wir dürfen schließlich auch nicht riskieren, dass irgendetwas über RING nach draußen dringt. Stewart glaubt, dass er für einen größeren Diamantendeal engagiert wurde, mehr weiß er nicht – und das soll auch so bleiben.«

Okay, die Ansage ist mal klar und nachhaken hat wohl keinen Sinn. Also nicke ich nur stumm und hoffe inständig, dass es noch einen Weg für uns gibt, Stewart aka Jay zu helfen. Die fiesen Typen von der Baustelle werden ihn nicht gerade pfleglich behandeln.

***

»Na, wie war euer Berlin-Trip?« Am nächsten Tag werde ich auf dem Schulhof sehr fröhlich von Timo begrüßt, der schon auf mich gewartet zu haben scheint.

»Ooch, ganz okay«, antworte ich etwas zögerlich und stelle meinen Rucksack neben mir ab.

»*Ganz okay*?!« Timo reißt die Augen auf. »Euer hammergeiler Videodreh mitten in *dem* Nobelschuppen der Hauptstadt war *ganz okay*? Ich fasse es nicht – wie kann denn so etwas nur *ganz okay* sein?«

»Nein, es war schon cool«, rudere ich zurück, denn ich kann Timo schließlich unmöglich erzählen, was alles in Berlin passiert ist. »Ich … äh … ich bin nur saumüde und ausgepowert.«

»Dann wird es ja höchste Zeit, dass ich dir in der Mittagspause eine Cola spendiere, damit du wieder aufwachst und mir ganz genau erzählst, was du in Berlin alles erlebt hast!«, lässt Timo nicht locker.

Unter normalen Umständen würde ich natürlich einen Luftsprung machen, wenn mich Timo Erhard zu irgendetwas einladen würde – und sei es nur zu einem Becher abgestandenem Leitungswasser. Aber heute muss ich dringend zusehen, dass ich mir Timo vom Hals halte, denn ich weiß absolut nicht, wie ich mich elegant rauswinden könnte, wenn er mich richtig ausquetschen würde.

»Du, ein anderes Mal, ja?«, vertröste ich ihn. »Heute Mittag haben wir noch eine Drehnachbesprechung, da passt es nicht so gut.«

»Ach so«, sagt Timo und klingt dabei total enttäuscht. Ich würde ihm am liebsten gleich die komplette Berlin-Story erzählen, damit er weiß, dass meine kühle Reaktion überhaupt nichts mit ihm zu tun hat. Aber ich lasse es und nicke ihm nur noch einmal zu, schultere wieder meinen Schulrucksack und gehe zum Mittelstufengebäude rüber.

»Alter Falter, was war das denn? Eine Abfuhr de luxe! Schlimmer geht's nimmer!«, kommentiert Hector, der in meinem Rucksack Platz genommen hat, mein Gespräch mit Timo. »Ich dachte, du stehst auf ihn?«

»Halt die Klappe!«, zische ich über meine Schulter. Leider denkt er überhaupt nicht dran.

»Mannomann, du wirst doch wohl nicht ernsthaft Timo die kalte Schulter zeigen, weil du diesem absoluten Blödmann von Jay hinterhertrauerst?«

Abrupt bleibe ich stehen, stelle den Rucksack wieder auf den Boden und knie mich davor. Wenn ich mir jetzt diese penetrante Rennmaus vorknöpfe, sieht es hoffentlich so aus, als würde ich etwas in meinem Schulrucksack suchen.

»Was hast du denn immer nur mit Timo?«, will ich von Hector wissen.

»Ist doch wohl völlig klar: Ich bin *Team Timo*! Du hast mich vor der S-Bahn gerettet und danach er dich. Also hat er gewissermaßen mich gerettet. Guter Typ!«

»Ja, ja, ja«, mosere ich. »Passt schon. Aber erstens: Ich trauere Jay kein Stück hinterher. Ich mache mir nur Sorgen um ihn. Er ist ein Kollege und er ist wahrscheinlich in Gefahr. Zweitens …«

»Kollege! Hahaha!« Hector unterbricht mich mit einem boshaften Lachen. »Das ist doch kein Kollege. Deine Kollegen sind deine Mitschülerinnen. Und nur, weil du mir gestern aus Versehen auf meine Schwanzspitze getreten bist und sie uns dadurch entdeckt haben, bist du noch lange keine Geheimagentin. Egal, was der Weißkopfadler und die drei anderen Ladys sagen. Du bist Tessa Neumann, die Nette, aber total Ungeschickte, schon vergessen?«

»Also, hör mal«, halte ich dagegen. »Du tickst wohl nicht sauber! Marianne war sehr beeindruckt von meinem Plan, das hat sie selbst gesagt.«

Hector verschränkt die Pfoten vor seiner Brust und schüttelt energisch seinen kleinen Mäusekopf.

»Ach, so ein Quatsch! Die war doch nicht beeindruckt! Die wollte nur, dass du Ruhe gibst! Du hast doch gesehen, wie entsetzt sie war, dass dir Mia und Konsorten das Geheimnis von *Gimme Four* und dem Agentenring gesteckt haben. Ein Geheimnis, dem ich übrigens sofort auf der Spur war – du erinnerst dich hoffentlich!«

»Du bist wirklich böse, Hector! Mein Plan ist brillant!«

»Dein Plan ist noch gar kein Plan, höchstens eine Idee. Aber ich sag dir was anderes: Was macht dich eigentlich so sicher, dass dieser Jay entführt wurde? Vielleicht ist er auch einfach abgehauen, als die Typen ihn hopsnehmen wollten. Und überhaupt, warum sollten sie ihn denn entführen? Macht für mich gar keinen Sinn.«

Diese Maus macht mich noch wahnsinnig!

»Natürlich macht das Sinn! Die Typen haben Jay entdeckt und kapiert, dass er für die Gegenseite arbeitet. Dann haben sie ihn zusammengeschlagen und einkassiert.«

»Ja, aber wie und warum?«

»Wie und warum was?«

»Wie haben sie das gemerkt? Und warum haben sie ihn dann einkassiert?«

»Also, dass der Verbindungsmann da auf einmal aufgetaucht ist, wird sie misstrauisch gemacht haben. Schließlich waren sie nur mit den Mädchen verabredet. Und vielleicht wollen sie uns jetzt mit seiner Entführung irgendwie unter Druck setzen.«

»Aha.« Hector kneift die Äuglein zusammen. »Und zweitens?«

»Wie, zweitens?«

»Du sagtest, dass du dir erstens Sorgen um Jay machst. Und zweitens?«

Stimmt. Was war noch mal zweitens?

»Ach so. Und zweitens zeige ich Timo gar nicht die kalte Schulter. Ich habe nur Angst, dass ich mich verplappere, wenn ich mit ihm eine Cola trinke. Und das wäre fatal. Ich bin mir sicher, dass für die Operation Blutdiamanten strikte Geheimhaltung gilt. Wie für die ganze Sache mit RING sowieso.«

»Na gut, das will ich mal gelten lassen«, sagt Hector extrem gönnerhaft.

»Oh, dafür recht herzlichen Dank, mein Liebster!« Ich

hoffe, Hector nimmt die Ironie in meiner Stimme wahr. Aber er grinst nur und hält meine Dankesworte wahrscheinlich tatsächlich für angemessen, eingebildet, wie er ist.

»Bist du da festgefroren, Neumann?«

Oh, nein – Lara Krullmann steht hinter mir. Ausgerechnet! Ich nehme den Rucksack wieder auf meine Schulter und stehe auf.

»Hallo, Lara!«, grüße ich betont lässig.

»Wie war Berlin?«, kommt sie ohne Umschweife zur Sache.

»Gut«, antworte ich knapp und will weitergehen, als sie mich an der Schulter festhält.

»Kann eigentlich nicht so gut gewesen sein«, ätzt sie. »Es gab nicht mal ein müdes FMA von eurem Dreh. Das stellen die sonst immer online. Schätze mal, du hast es total versaut.«

»Geh einfach weiter!«, raunt mir Hector zu. »Kein Wortgefecht mit der Schnepfe! Einfach weitergehen! Immer weitergehen!«

Ich greife auf meine Schulter und schiebe Laras Hand weg, fest entschlossen, auf Hector zu hören und mich nicht provozieren zu lassen. Das allerdings ist nicht so einfach, denn Lara macht munter weiter.

»Ich wusste gleich, dass du es nicht bringen würdest. Du bist so ein Opfer, Tessa. Eine Witzfigur bist du, die gesamte Schule lacht über dich. Peinlicher geht es nicht!«

Langsam, ganz langsam steigt ein Rauschen in meinem

Kopf auf und breitet sich dort aus. Okay, gelogen. Das Rauschen breitet sich sehr schnell aus, und ehe ich mich versehe, drehe ich mich zu Lara um und brülle sie an.

»Verzieh dich, du dumme Kuh! Du hast ja keine Ahnung, was in Berlin los war, überhaupt keine Ahnung! Und jetzt hau ab, sonst setzt es was!«

»Aber …«, schnappt Lara nach Luft. Weiter kommt sie allerdings nicht, denn jetzt gebe ich ihr einen leichten Schubs, sodass sie einen Schritt nach hinten macht. Leider stolpert sie dabei über eine hochstehende Bodenplatte und stürzt fast. Fast. Denn in diesem Moment taucht Beyza hinter ihr auf und fängt sie auf. Versehentlich, glaube ich, aber das Ergebnis zählt.

»Du bist ja völlig irre!«, stammelt Lara, als sie wieder sicher steht. Bevor ich darauf etwas erwidern kann, hat mich Beyza schon am Arm gepackt.

»Los, Neumann. Teambesprechung im Musikraum. Sofort!« Widerstandslos lasse ich mich von ihr in Richtung Musiktrakt ziehen.

»Alter, Tessa, was war das denn?«, raunt mir Hector zu. Sehr berechtigte Frage! Ich kann mir meinen plötzlichen Ausbruch auch nicht erklären. Offenbar reagiere ich auf dumme Anmache nicht mehr so zurückhaltend, seitdem ich Geheimagentin bin. Ich wollte Lara natürlich nicht umschubsen. Aber wenn ich ehrlich bin – den kurzen Schreck gönne ich ihr trotzdem!

17

Ein Plan wird geschmiedet. Nein: ICH schmiede einen Plan!

Im Musikraum wartet Marianne schon ungeduldig auf uns. Beyza und ich sind die Letzten, die durch die Tür geschlappt kommen. Kim, die direkt daneben steht, schließt sie schnell.

»Gott, das hat ja gedauert!«, tadelt Marianne.

»'tschuldigung«, murmle ich, »aber ich wusste gar nicht, dass wir uns heute Morgen hier treffen.«

Marianne will etwas sagen, aber Alex kommt ihr zuvor.

»Meine Schuld – ich hatte den anderen versprochen, Tessa Bescheid zu sagen, dass wir uns nach jedem Einsatz erst mal hier treffen. Wollte ich noch machen, habe ich aber verpennt.«

»Na ja«, lacht Beyza grimmig, »ich hab'se gerade noch einfangen können, bevor sie die olle Krullmann in den Boden stampfen konnte.«

In diesem Moment wird mir eines klar: Beyza weiß über RING Bescheid!

»Beyza, gehörst du etwa dazu? Bist du auch eine Agentin?«

Beyza zuckt mit den Schultern.

»Na ja, Agentin ist vielleicht etwas hochgegriffen. Auf alle Fälle gehöre ich aber zum gut sortierten Bodenpersonal.«

Ich schüttle fassungslos den Kopf.

Beyza runzelt die Stirn.

»Findest du das irgendwie komisch?«

»Entschuldige, aber ich kenne dich seit schätzungsweise hundert Jahren. Wir sind schon zusammen zur Grundschule gegangen. Mir ist nie etwas an dir aufgefallen, das irgendwie verdächtig gewesen wäre!«

Beyza grinst.

»Tja, daran erkennt man den Vollprofi!«

Mia, Alex und Kim lachen.

»Genau. Ohne Beyza wären wir hier in der Schule ganz schön aufgeschmissen. Sie hält uns den Rücken frei und kann schweigen wie ein Grab. Sehr wichtige Voraussetzung für diesen Job.«

»Nur mit meiner Personalauswahl hatte ich offenbar kein glückliches Händchen«, murmelt Beyza dann. »Mein Auftrag lautete eigentlich: Bring uns jemanden, der Gitarre spielen kann und ansonsten nichts mitkriegt.«

»Also ehrlich!«, rufe ich und überlege kurz, ob ich mich darüber ärgern soll, lasse es dann aber. Immerhin habe ich

Beyza auch nicht zugetraut, dass sie bei einem Geheimbund mitmischt.

»So, dann jetzt mal zum eigentlichen Thema«, sagt Marianne mit fester Stimme und zieht einen Zettel aus der Handtasche, die neben ihr auf dem Tisch steht. »Die Laborergebnisse sind da. Kein Zweifel: Die Steine stammen tatsächlich aus Zentralafrika.«

»Dann schnappen wir uns die Verbrecher!«, rufe ich und mache dabei einen kleinen Luftsprung. »Und Stewart befreien wir gleich mit!«

»Der Reihe nach!«, sagt Marianne und sieht dabei so aus, als ob sie ganz genaue Vorstellungen davon habe, wie »die Reihe« aussieht. »Ella hat ihren Mittelsmännern in Afrika gerade mitgeteilt, dass sie den Kontakt zu Stewart verloren hat und sich die Händler in Deutschland an Kim wenden sollen. Sie will jetzt angeblich ein richtig dickes Geschäft mit mir abwickeln.«

»Warum rufst du denn nicht einfach selbst die Afrikaner an? Das geht doch viel schneller«, will ich von Marianne wissen.

»Das kann ich wohl schlecht machen. Sonst würde ich Ella enttarnen. Sie hat zu mir offiziell doch gar keine direkte Verbindung.«

Stimmt. Das geht nicht. Ziemlich komplizierte Angelegenheit und ich muss mich wirklich anstrengen, um noch den Überblick zu behalten.

Kim nickt.

»Ja, so isses leider. Wir müssen warten, bis die Typen sich

von allein melden. Sonst bringen wir Ella in Gefahr und Stewart retten wir damit auch nicht.«

»Aber mach dir darüber keinen Kopf.« Alex lächelt mir aufmunternd zu. »Die werden sich demnächst melden. Immerhin wittern sie das Geschäft ihres Lebens.«

»Und wie geht es dann weiter?«

»Ziemlich genau so, wie du es schon vorgeschlagen hast«, erklärt Marianne. »Ich werde den Bandenchef in unsere Zentrale bitten. Zu vertraulichen Verhandlungen unter vier Augen.«

»In die Speicherstadt?«

»Genau. Das ganze Haus gehört RING. Es hat unzählige Räume und Fluchtwege. Ein regelrechtes Labyrinth, für einen Fremden nicht zu durchschauen. Dort schnappen wir ihn uns.«

»Und Stewart?«, hake ich nach.

»Keine Sorge, Tessa. Ich werde deutlich machen, dass das Geschäft nur über die Bühne geht, wenn sie ihn im Gepäck haben und uns in einem Stück übergeben.«

Die Art, wie Marianne das sagt, jagt mir einen Schauer über den Rücken. Als ob es eine realistische Option wäre, Stewart auch in mehreren Stücken wieder in Hamburg abzuliefern!

Ein Handy klingelt. Ich kann nicht gleich zuordnen, wem es gehört, aber den Ton habe ich in den vergangenen Tagen in Berlin schon gehört. Kim zieht es aus ihrer Hosentasche.

»Ja?«, sagt sie knapp und reicht das Handy dann an Marianne weiter. Die hört erst mal schweigend zu, was ihr der Anrufer erzählt. In meinem Bauch breitet sich ein ungutes Grummeln aus – warum sagt sie denn nichts?

»Ganz recht«, stellt sie nach einer gefühlten Ewigkeit trocken fest. »Aber für dieses Geschäft gelten andere Bedingungen. *Unsere* Bedingungen!«, fährt sie fort. »Keine Tricks, keine schmutzigen Geschäfte. Nur Sie und ich, die Diamanten und das Geld. Und zwar in Hamburg.«

Ich spitze die Ohren und versuche zu erlauschen, was der Typ am anderen Ende der Leitung sagt, kann aber absolut nichts hören. Dafür spricht nun Marianne weiter.

»Ach, und noch eine Kleinigkeit: Sie haben etwas, das mir gehört. Ich erwarte, dass Sie es wohlbehalten mit nach Hamburg bringen.«

Auf der anderen Seite herrscht offensichtlich Schweigen, es dauert eine Zeit lang, bis der Groschen fällt. Die Antwort löst bei Marianne ein kühles Lächeln aus.

»Ganz genau. Ich meine den jungen Mann, den Ihre Leute auf der Baustelle entführt haben. Ein geschätzter Mitarbeiter, den ich gern wieder in unseren Reihen begrüßen würde.«

Nun wird es tatsächlich ein bisschen lauter beim Gegenüber, verstehen kann ich es aber trotzdem nicht. Marianne lässt sich davon allerdings überhaupt nicht irritieren, und als sie weiterspricht, lächelt sie immer noch unverbindlich.

»Es ist doch ganz einfach. Sie wollen fünf Millionen? Dann machen Sie einfach, was ich Ihnen sage. Der Kunde ist König, oder nicht? Meine Mitarbeiterin schickt Ihnen zeitnah die Details unserer Abwicklungswünsche. Ich schlage vor, Sie halten sich diesmal genau daran. Einen schönen Tag noch.«

Sie beendet den Anruf und gibt Kim das Handy zurück.

»So, ich glaube, die Botschaft müsste angekommen sein. Lasst uns überlegen, wie genau das Treffen vonstattengehen soll. Das teilst du ihm dann mit, Kim. Und dann«, Marianne reibt sich die Hände, »haben wir den Bandenchef genau da, wo wir ihn haben wollen: in der Falle!«

***

Den restlichen Schultag bekomme ich so gut wie nichts vom Unterricht mit. Besonders schlimm ist es in den letzten beiden Stunden. Physik und ich, wir werden einfach keine Freunde mehr in diesem Leben. Unser derzeitiges Thema – *die Trägheit der Masse* – ist gleichzeitig die perfekte Beschreibung der Stimmung der gesamten Klasse. Aber das ist natürlich nicht der einzige Grund für mein mangelndes Interesse am Unterricht: Ich bin nach unserer Besprechung mit Marianne einfach so aufgeregt, dass unser Physiklehrer Herr Geissler auch nackt auf dem Pult tanzen könnte, ohne damit meine Aufmerksamkeit zu erregen.

Schon morgen soll die Übergabe über die Bühne gehen – allein der Gedanke daran lässt mich erschaudern! Wobei der Begriff *Übergabe* gar nicht stimmt. In Wirklichkeit ist es ein *Zugriff*. Die Diamantenmafia wird Stewart bei uns, dem *Gimme-Four*-Quartett, abliefern. Wenn er heil bei uns angekommen ist und wir grünes Licht geben, wird sich Marianne mit dem Bandenchef in der Zentrale treffen. Vorgeblich, um ihm fünf Millionen Euro für drei besonders fette Klunker zu überreichen. Aber in Wirklichkeit nur, um ihn so lange festzuhalten, bis das Sondereinsatzkommando der Polizei eintrifft, alarmiert von Mr Unsichtbar. Offenbar gibt es hier einen direkten und guten Draht zwischen RING und Polizei: RING stöbert die Verbrecher auf und die Polizei kassiert sie ein. Jeder macht das, was er am besten kann.

»Tessa, möchtest du nach vorne kommen und es uns vorrechnen?«

What? Wer? Ich? Rechnen? Vorne? Oh! Mein! Gott! Vollkatastrophe!

»Ich … äh … nein, danke, eigentlich möchte ich nicht«, stammle ich und werde rot.

»Okay«, sagt Herr Geissler und grinst, »ich merke, ich habe mich falsch ausgedrückt. Eigentlich möchte *ich*, dass du es uns an der Tafel vorrechnest.« Er kommt zu mir und hält mir ein Stück Kreide unter die Nase. »Hier. Leg los.«

Die Ersten in der Klasse fangen an zu kichern, dann ein paar mehr, schließlich sind es fast alle. Mir wird sehr warm. Herr Geissler starrt mich an und schüttelt den Kopf.

»Wirklich, Tessa, es ist jetzt nicht so, dass ich hier Raketenwissenschaften unterrichte. Du sollst nicht die Flugbahn zum Mond berechnen. Wenn du ein kleines bisschen aufgepasst hättest, dann …«

»IIEEEHHHH!« Tina Engel und Isi Riccario springen

von ihren Stühlen auf und kreischen hysterisch. Tumult bricht los.

»Herr Geissler! Eine Maus! Eine aggressive Maus!«, schreit Isi. »Sie hat mich gebissen! Bestimmt hat sie Tollwut!«

»Iiiieeeee, das ist so *eklig*!« Tina sieht so aus, als würde sie gleich in Ohnmacht fallen, und Herr Geissler hat mit einem Mal vergessen, was er eigentlich wollte. Er legt die Kreide weg und läuft schnell zu Tinas und Isis Bank.

»Bist du verletzt?«, fragt er besorgt. »Zeig mal! Das ist ja wirklich unglaublich! Wann wird die Schulbehörde diese Bruchbude endlich sanieren? Jetzt brauchen wir hier schon den Kammerjäger. Komm, Isi, ich bringe dich schnell ins Sekretariat.«

Dramatisch humpelnd lässt sich Isi aus dem Klassenzimmer führen. Ich bin mir sicher, sie übertreibt. Glaube kaum, dass ihr Hector das halbe Bein abgebissen hat. Denn dass der Übeltäter Hector ist, daran kann wohl kein Zweifel bestehen. Wahrscheinlich hatte er auch keinen Bock mehr auf Physik.

Die anderen suchen auf dem Boden herum.

»Wo ist denn die Maus, die Isi gebissen hat?«

»Hm, ich seh nichts!«

»Ich auch nicht.«

Natürlich nicht. Denn wie ich jetzt feststelle, hat sich Hector schon wieder in den Rucksack geflüchtet. Der Kerl ist wirklich schnell! Ich bücke mich unter meinen Tisch und ziehe den Rucksack zu mir.

»Hast du Isi echt gebissen?«, will ich von Hector wissen.

»Ach, was«, flüstert er. »Ich wollte diesem boshaften Lehrer nur nicht weiter dabei zuhören, wie er dich zur Minna macht. Da habe ich die erstbeste menschliche Wade, die ich finden konnte, ein bisschen mit meinen Krallen angeratscht. Aber wirklich nicht schlimm, ich schwöre! Außerdem war der Unterricht von dem Typen so was von langweilig … schrecklich! Es musste einfach was passieren.«

Ich muss kichern.

»Ehrenmann«, lobe ich ihn. »Der Geissler ist aber auch wirklich die Pest – du hast mich gerettet!«

Der so Verfluchte kommt wenig später wieder in unser Klassenzimmer.

»So, wo waren wir stehen geblieben?«, überlegt er laut. »Richtig. Tessa wollte uns etwas vorrechnen. Wo habe ich denn jetzt die Kreide …?«

In diesem Moment verkündet der Pausengong das Ende der sechsten Stunde und damit auch das Ende meines heutigen Schultages. Yeah!!! Endlich! Ich ziehe den Rucksack unter meinem Tisch hervor und springe von meinem Stuhl auf.

»Hey, hey, hey! Langsam«, ruft Herr Geissler. »Ich beende den Unterricht, nicht die Klingel!« Aber niemand hört mehr auf ihn, stattdessen laufen die Ersten schon aus dem Zimmer. Puh! Glück gehabt!

Vor dem Mittelstufengebäude bleibe ich stehen und überlege, ob ich noch mal nach Alex, Mia und Kim suchen soll. Verabredet sind wir erst wieder für morgen. Der Plan sieht vor, dass wir Stewart nachmittags im Musikraum in

Empfang nehmen. Die Bande soll als Technikfirma getarnt mit ihm ganz unauffällig nach Schulschluss vorbeikommen, ihn vor dem Schultor absetzen und dann im Lieferwagen warten, bis das Signal kommt, dass sie wieder nach Berlin fahren sollen. Wenn wir uns davon überzeugt haben, dass es Stewart gut geht, bekommt der Bandenchef, der im Bistro gegenüber der Elbphilharmonie warten muss, die Koordinaten der Zentrale. Dort wird er sich allein mit Marianne treffen. Wenn er die Diamanten übergeben hat, wird der Zugriff durch das SEK erfolgen, das vorher schon sein Verbrecherfußvolk mitsamt Lieferwagen vor der Schule eingesammelt hat. Wenn das so läuft, hat das Gute mal wieder gesiegt, hurra!

»Hey, cool, dass ich dich noch treffe!« Plötzlich steht Timo vor mir. Anscheinend hat er mich gesucht. »Meine Einladung zur Cola steht noch.«

»Du, total nett, aber ich bin immer noch richtig geschafft. Ich gehe gleich nach Hause, ich habe jetzt sowieso Schulschluss«, versuche ich, ihn abzuwimmeln. Aber Timo bleibt hartnäckig.

»Oh, dann hab ich sogar eine bessere Idee. Ich fahre dich nach Hause.«

»Äh, ich bin gar nicht mit dem Fahrrad hier. Ich nehme gleich die S-Bahn.«

»Ich weiß. Deswegen sage ich ja: Ich fahre dich nach Hause. Komm, ich hab eine Überraschung!«

Und dann ... dann greift er tatsächlich nach meiner Hand und zieht mich hinter sich her. HERZINFARKT!!!!

SCHNAPPATMUNG!!! Ich halte Händchen mit Timo! Na gut, Händchenhalten ist es nicht wirklich, er will mit mir anscheinend nur schnell zum Schulparkplatz. Aber *trotzdem*!

»Was ist denn jetzt schon wieder?«, meckert Hector vom Grund meines Schulrucksacks, aber ich kann nun schlecht anhalten und ihm erklären, was hier gerade geschieht. Er wird sich also gedulden müssen.

Beim Parkplatz angekommen, zieht Timo mich zielstrebig zu den Fahrradständern. Dort bleibt er stehen und macht eine schwungvolle Geste mit seinem rechten Arm.

»Tadaaaa!«

Verwirrt folge ich der Bewegungsrichtung seines Arms und sehe: eine knallrote, nagelneue Vespa! Hammer!

»Na, was sagst du?«, will Timo wissen.

»Ist das etwa deine?«

»Klaro. Während du dich in Berlin rumgetrieben hast, habe ich endlich meinen Mofaführerschein gemacht. Ich bin schließlich schon fünfzehn. Die Vespa ist ein Geschenk meiner Oma.«

»Wow!«, rufe ich und bin wirklich beeindruckt. »Schickes Teil.«

»Und? Soll ich dich nach Hause fahren?«

»Darfst du das denn? Also, einen Beifahrer mitnehmen?«

»Na ja, eigentlich ist ein Mofa nur für eine Person. Aber mein Roller hat Platz für zwei.« Voller Stolz fährt Timo mit der flachen Hand über die Sitzfläche der Vespa. »Das ist nämlich ein richtiger Roller, der theoretisch auch fünfzig

Stundenkilometer fährt, kein Mofa. Momentan auf fünfundzwanzig Stundenkilometer gedrosselt, weil ich noch nicht sechzehn bin.«

»Worüber redet ihr?«, kommt es aus meinem Rucksack. »Wollt ihr etwa schon wieder was Gefährliches machen? Lass mich sofort raus!« Ich ignoriere die blöde Rennmaus, zu aufregend ist das Gefühl, das sich gerade in meiner Magengrube ausbreitet.

»Hast du zufälligerweise noch einen Helm für mich mit?«, will ich von Timo wissen. Er lächelt und greift tief in seinen Rucksack.

»Ganz zufälligerweise.«

18

Und Action!

»Wagen biegt in die Parkstraße ein. Zielperson an Bord.« Der kleine Knopf in meinem Ohr hat eine erstaunliche Klangqualität, ich kann jedes Wort von Kim so klar und deutlich verstehen, als stünde sie direkt neben mir. Ich bin auf dem Schulhof, zwischen Unterstufenhaus und dem Gebäudetrakt, in dem sich die Musikräume und die Aula befinden, während Kim ungefähr 500 Meter entfernt an der Straßenecke steht, an der der Lieferwagen aus Berlin vorbeikommen muss, wenn man zu unserer Schule will. Kurz darauf meldet sich auch Alex.

»Check. Ich kann ihn jetzt sehen. Passiert mich und biegt in den Klein Flottbeker Weg ein. Zielperson an Bord.«

In zwei Minuten wird der Lieferwagen auf den großen Parkplatz vor unserer Schule fahren. Schnell gehe ich Richtung Schultor und bleibe dann so stehen, dass ich die Zufahrt zum Parkplatz gut sehen kann. Ich merke, wie meine Handflächen feucht werden und es in meinem Magen grummelt. Aber ich muss cool bleiben. Mein Job ist es, Stewart in Empfang zu nehmen und ihn sofort zu Mia in den Musikraum zu bringen. Sie gibt dann Marianne durch, dass die Übergabe geklappt hat. Beyza wiederum stand sicherheitshalber eine Straßenecke vor der Parkstraße, falls der Lieferwagen schon dort abgebogen wäre.

Wir haben uns so großzügig verteilt, damit nicht wieder passieren kann, was in Berlin passiert ist: ein Überfall der Mafia auf uns alle. Einzeln können wir sehr lässig überall herumstehen, ohne aufzufallen: Wer achtet schon auf Schülerinnen im Umkreis einer Schule, selbst wenn sie ein Fernglas dabeihaben? Da dürften die meisten Passanten doch eher an eine Vogelbeobachtung für den Biologieunterricht als an einen heiklen Agentenaustausch denken.

»Kannst du schon was sehen?« Hector hat es sich natürlich nicht nehmen lassen, mich zu begleiten, musste aber versprechen, in meinem Rucksack zu bleiben.

»Nee, noch nicht«, antworte ich und gehe noch ein paar Schritte weiter, um die Einfahrt besser im Blick zu haben. Und jetzt sehe ich tatsächlich einen schwarzen Kastenwagen mit orangefarbener Werbeaufschrift und dunkel getönten Scheiben! Er bremst und fährt dann langsam auf den Parkplatz.

»Da sind sie!«, rufe ich und gehe noch ein kleines Stück Richtung Parkplatz, erinnere mich aber dann wieder daran, dass ich auf gar keinen Fall den Schulhof verlassen soll.

»Lass mich raus! Ich will auch gucken!«, quiekt Hector, aber ich ignoriere ihn. Nun fängt er offensichtlich an, rauf und runter zu springen, sodass der Rucksack auf meinen Schultern hin und her wackelt. Gut, dass schon seit zwei Stunden Schulschluss ist und keine Schüler oder Lehrer mehr auf dem Gelände sind, denn dieser Anblick ist mit Sicherheit erklärungsbedürftig.

»Hör doch mal auf!«, schimpfe ich. »Ich lass dich ja gleich raus, wenn wir Stewart sicher im Musikraum haben!« Es hört tatsächlich auf, in meinem Rucksack zu rumpeln, sodass ich mich wieder auf den Lieferwagen konzentrieren kann, der in diesem Moment in eine Parklücke auf dem großen, kreisförmigen Parkplatz fährt. Die Fahrertür wird geöffnet und jemand steigt aus. Ich erkenne ihn selbst aus fünfzig Meter Entfernung sofort: Es ist der Typ, dem ich die Latte ins Kreuz gehauen habe! Ach, du Schreck! Ich hoffe sehr, die Polizei hält sich wirklich in einer Seitenstraße hinter unserer Schule bereit!

Der Typ öffnet die Schiebetür des Lieferwagens und zieht eine Person heraus, die beim Aussteigen fast über die Wagenschwelle stolpert und zu Boden geht. Sie trägt nämlich eine Binde vor den Augen und hat die Arme auf dem Rücken gefesselt. Aber schon an der geschmeidigen Art, mit der sich die Person trotz der widrigen Umstände bewegt, erkenne ich gleich, dass es wirklich Jay ist. Beziehungsweise Stewart. Mein Herz beginnt zu rasen – jetzt wird es ernst!

Nun steigt auch der zweite Typ von der Baustelle aus dem

Auto, kommt auf die andere Seite des Wagens, zerrt Jay beziehungsweise Stewart am Arm und schubst ihn in Richtung Schultor.

»Mist!«, murmle ich.

»Was ist los?«, kommt es prompt aus dem Rucksack.

»Na, ich soll doch den Schulhof nicht verlassen. Ich sollte Stewart nur zuwinken, wenn die Typen wieder im Auto sitzen, keinesfalls aber auf ihn zugehen. Keinen direkten Kontakt mit den Verbrechern, verstehst du?«

»Ich bin ja nicht blöd«, giftet Hector. »Aber dann mach doch einfach, was ihr geplant habt.«

»Geht nicht. Sie haben Stewart die Augen verbunden. Er kann nicht sehen, wenn ich ihm zuwinke.«

»Tja, dann muss wohl oder übel eine Planänderung her. Los, geh hin, bevor die Typen es sich anders überlegen und den lieben Stewart wieder einkassieren!«

Ich seufze. Er hat ja recht. Trotzdem: Ich hasse Planänderungen, noch dazu bei meinem ersten Agentenjob. Hilft aber nichts, alleine wird Stewart nicht zu mir finden. Also gehe ich durch das Schultor auf den Parkplatz, bis ich direkt vor ihm stehe.

»Hallo, Stewart!«, sage ich. Er zuckt zusammen und fährt zu mir herum, wobei er ganz schön ins Schwanken gerät. Die beiden Typen, die noch am Lieferwagen lehnen und uns beobachten, brechen in Gelächter aus. Es klingt wie ein böses Meckern.

»Ach nee, das ist doch unsere kleine Freundin von der Baustelle, oder?«, sagt der Größere von den beiden. »Tja,

Süße, so sieht man sich wieder. Hatte übrigens ganz schöne Rückenschmerzen nach deiner Attacke. Ich war ziemlich wütend. Habe ich deinem Kumpel dann auch später deutlich gemacht.« Er zeigt auf Stewart, der immer noch orientierungslos hin und her schwankt.

»Was haben Sie mit ihm gemacht?«, fahre ich ihn an.

Der Typ zuckt nur mit den Schultern, sagt aber nichts mehr.

»Hey, Tessa«, meldet sich Hector wieder aus dem Rucksack, »das ist jetzt nicht der richtige Moment für Vorwürfe an einen Geiselnehmer. Schnapp dir Stewart und ab durch die Mitte! Beziehungsweise ab zum Musikraum.«

Und schon wieder hat Hector recht. Es ist nicht nur Quatsch, sich jetzt mit dem Typen anzulegen, es ist wahrscheinlich auch gefährlich. Ich strecke meine Hand aus und angle mir Stewart.

»Komm«, sage ich und ziehe ihn hinter mir her auf das Schulgelände. Als wir durch das Tor sind, streife ich ihm die Binde von den Augen. Er bleibt stehen und strahlt mich an.

»Tessa! Thank goodness! Es ist so gut, dick zu sehen!«

»Ich bin auch froh, dass du hier bist. Warte mal«, ich drehe ihn um und versuche, das Tau zu lösen, mit dem seine Hände gefesselt sind. »Tut mir leid, ich kriege den Knoten nicht auf! Lass uns gucken, was wir drinnen haben, um dir zu helfen.«

»No problem. Hauptsacke, dass ick jetz' wieder mit euck bin.«

Ich gehe vor zu den Musikräumen, Stewart folgt mir. Im Vorraum zum Musiktrakt wartet Mia schon ungeduldig auf uns.

»Mann, was hat denn da so lange gedauert?« Hektisch winkt sie uns zu sich und scheucht uns dann weiter zum Musikraum.

»Kann ich jetzt raus?«, will Hector wissen.

»Gleich, wenn ich den Rucksack abgestellt habe«, antworte ich ihm knapp.

»Hast du was gesagt?« Mia schaut mich fragend an.

»Nee, wieso?«

»Ich dachte.«

Im Musikraum lehne ich meinen Rucksack ganz hinten an den Konzertflügel und öffne die Schnallen am oberen Verschluss. Wenn Hector sich umsehen möchte, kann er das von hier aus problemlos machen, denn in dieser Ecke des Raums wird er kaum auffallen. Ich habe zwar keine Ahnung, was genau die Maus jetzt sucht oder wonach sie Ausschau halten möchte, aber ich habe mittlerweile aufgegeben, sie von irgendetwas abzuhalten. Das klappt sowieso nicht.

Mia hat sich in der Zwischenzeit mit einem Messer an den Fesseln von Stewart zu schaffen gemacht und ihn tatsächlich schon befreit. Er reibt sich mit den Händen über seine Knöchel, die offenbar ein bisschen schmerzen, dann lässt er sich auf den Stuhl neben Mia sinken.

»So ein Gluck, dass ihr mick gerettet habt!«

»Bedank dich bei Tessa. Morrison hätte dich genau dort

gelassen, wo du warst«, stellt Mia trocken fest. »Ich glaube, sie war nicht gerade beeindruckt von deiner Performance als Agent.«

Stewart grinst und zuckt mit den Schultern.

»Ja, das ist wirklich schiefgegangen in Berlin. Ick wollte zum Treffpunkt, um die Typen zu beobackten und ihnen zu folgen. Aber ick kam zu spät. Ihr wart schon weg und ick bin ihnen genau in die Arme gelaufen. Sie waren mäcktig sauer.«

Es ist also genau so, wie ich vermutet hatte!

»Dann haben sie dich gefangen genommen?«, hakt Mia nach, »weil sie nie vorhatten, uns die Diamanten zu geben? Sie wollten nur unser Geld abziehen?«

Stewart nickt.

»Exactly. Und weil sie euck nickt überwältigen konnten, haben sie mick mitgenommen. Sie wussten ja von die Verhandlungen, dass ick euer Stringer bin. Nun wollten sie euck erpressen, wollten das Geld und die Steine.«

Mia verschränkt die Arme vor der Brust.

»Tja, das hätte fast geklappt. Aber auch nur fast. Denn Tessa hatten die Schurken glatt übersehen. Sie hat uns rausgehauen. Und jetzt rettet sie auch noch dich.«

Stewart dreht sich zu mir um und verbeugt sich.

»Thank you very much!« Dann wird er ernster. »Und was ist jetz' der Plan?«

»Nachdem du heil und unversehrt bist, werden wir Morrison informieren, dass Teil eins des Plans geglückt ist: deine Befreiung. Wir können also mit Teil zwei weitermachen:

Morrison gibt dem Chef der Bande die Koordinaten vom Treffpunkt durch.«

»Ist es dort, wo ick mein Jobinterview hatte?«, fragt Stewart.

»Genau. Da soll es zur Übergabe der drei Diamanten im Tausch gegen fünf Millionen Euro kommen. Angeblich. Denn in Wirklichkeit wird die Zentrale vom SEK gestürmt werden, sobald Morrison per Funk das Zeichen gibt.«

Ein fettes Grinsen breitet sich über Stewarts Gesicht aus.

»Ick bin begeistert, wie gut der Plan funktioniert!«

»Tja, gekonnt ist gekonnt.« Mia reckt die geballte Faust wie ein siegreicher Tennisspieler nach oben. »So wird die Polizei endlich einen der meistgesuchten Diamantenschmuggler Deutschlands einlochen können. Das Gleiche gilt übrigens für die miesen Typen, die draußen im Lieferwagen warten. Denn das SEK hat auch hier an der Schule ein Kommando platziert. Der Zugriff erfolgt, wenn ich das Zeichen gebe. Was ich ja jetzt, wo du sicher bei uns gelandet bist, machen kann.«

Stewart nickt.

»Perfekt! Ihr seid einfack eine Spitzenteam. Ick bin sehr stolz, dazuzugehören! Ein' Bitte«, sagt er dann und schaut Mia fragend an.

»Ja?«

»Darf ick die Typen in die Pfanne hau'n? Sie war'n wirklick nickt besonders freundlick zu mir. Es wär mir ein groß' Freud', sie dranzukriegen.«

Ich kann's verstehen! Zwar bin ich nicht so der nachtragende Typ, aber ich kann mir schon vorstellen, dass der arme Stewart in Berlin ganz schön einstecken musste. Kein Wunder, dass er nun den entscheidenden Anruf beim SEK machen will. Auch Mia scheint das einzuleuchten. Sie nickt und reicht Stewart ihr Handy.

»Bitte sehr. Es ist die letzte Nummer. Codewort: Diadem. Dann wissen sie Bescheid. Und danach rufe ich Morrison an.«

Stewart nimmt das Handy, wählt, wartet kurz und bellt dann *Diadem* in den Hörer. Wieder wartet er kurz, nickt und gibt das Handy dann Mia zurück.

»Boy, das fuhlte sick ricktig gut an!«

Das glaube ich ihm sofort. Wie heißt es so schön? Rache ist Blutwurst! Und diese Blutwurst scheint richtig lecker zu schmecken!

»Okay«, murmelt Mia, »dann rufe ich jetzt Morrison an und wir machen den Sack zu.«

Sack zumachen klingt großartig! Ich bin begeistert, wie erfolgreich sich mein erster Einsatz als Geheimagentin gestaltet. Das hatte ich mir deutlich schwerer vorgestellt, als ich heute Morgen aufgestanden bin.

»Great. So macken wir es!« Stewart springt gut gelaunt von seinem Stuhl auf und sieht zur Tür.

»Alles gut?«, will ich wissen.

»Ja, alles gut. Es ist nur so – bevor wir *die Sack zumacken*, brauckte ick dringend mal ein' Toilette. Ick habe schließlick die letzten vier Stunden in ein' Lieferwagen verbrackt.«

Mia nickt.

»Alles klar. Tessa, zeigst du ihm, wo die Toiletten sind? Ich rufe Marianne an.«

»Logan. Komm, Stewart«, bitte ich ihn, mir zu folgen, »die sind gleich hier vorne den Flur runter. Ich zeige sie dir.«

Es ist eigentlich nur ein kurzer Weg zu den Toiletten an der Aula, aber weil es zweimal um die Ecke geht, führe ich Stewart direkt hin. Nicht, dass er hier verloren geht. Er bedankt sich und öffnet die Tür.

Ich bin schon auf dem Rückweg, als ich merke, dass ich den Toiletten eigentlich auch selbst einen Besuch abstatten müsste. Also gehe ich zu den Damentoiletten auf der gegenüberliegenden Seite des Flurs.

Beim Händewaschen werfe ich einen Blick in den Spiegel. Sehe ich jetzt eigentlich irgendwie anders aus? Jetzt, wo ich eine erfolgreiche Geheimagentin bin? Ich betrachte mich genauer. Na ja, ich bin heute ziemlich blass, was mit Sicherheit das Ergebnis meiner schlaflosen Nacht ist. Erst war ich zu aufgeregt und konnte nicht einschlafen, und als ich endlich doch eingeschlafen bin, wurde Hector wach und hat mich wieder geweckt, um sich noch mal ganz genau nach dem Plan für den heutigen Tag zu erkundigen. Als mein Wecker um halb sieben klingelte, hatte ich vielleicht drei Stunden Schlaf. Kein Wunder, dass ich Augenringe habe und meine Haare verwuschelt sind.

Aber andererseits: Timo, der mich früher nie bemerkt hat, hat mich gestern mit seiner Vespa bis vor die Haustür gefahren und hätte das bestimmt auch heute gemacht, wenn ich ihm nicht gesagt hätte, dass ich nachmittags Probe mit *Gimme Four* habe.

Irgendwas scheint sich bei mir geändert zu haben. Oder wie ist das zu erklären? Ich schaue noch mal genauer in den Spiegel, nehme meine Haare zusammen und drehe sie zu einer Banane. Gar nicht mal schlecht – irgendwie viel erwachsener und eleganter! Leider habe ich aber nichts griffbereit, um das Ganze zu fixieren, und von alleine hält das nie im Leben.

Während ich darüber sinniere, welche Frisur mir wohl am besten steht, höre ich ein leises Scharren an der Tür. Ich drehe mich um. Das Scharren wird lauter und ist mittlerweile ein nicht mehr zu überhörendes Kratzen. Das kann doch eigentlich nur eines bedeuten: Hector möchte dringend auf die Damentoilette! Aber warum nur? Weder ist er groß genug für unsere Schultoiletten, denn die sind eindeutig für Menschen konstruiert, noch ist Hector eine Dame. Er will mich also einfach nur nerven und schreckt nicht mal davor zurück, mich bis aufs stille Örtchen zu verfolgen. Es wird wirklich Zeit, dass er endlich nach Ulan Bator fliegt!

Vorsichtig öffne ich die Tür einen Spalt, ich will ihn schließlich nicht erschlagen. Sofort steckt er seine spitze Mäusenase herein.

»Tessa! Du bist hier!«

»Ja, ’tschuldige, dass ich auch mal um die Ecke muss!«, pflaume ich ihn an.

Nun zwängt sich Hector ganz durch den Spalt und guckt

mich mit weit aufgerissenen Augen an. Also, jedenfalls, so weit man als Maus seine Äuglein aufreißen kann.

»Gott sei Dank bist du hier – Gott sei Dank!«, flüstert er dann.

Verdammt! Ich hab auf einmal ein ganz mieses Gefühl!

19

Showdown

»Was ist passiert?«, will ich von Hector wissen.

»Sie sind alle da! Hier in der Schule! Es war eine Falle!« Hector ist so aufgeregt, dass sich seine fiepsige Mäusestimme immer wieder überschlägt und ich Mühe habe, ihn zu verstehen. Aber auch ohne dass jedes einzelne Wort klar bei mir ankommt, weiß ich: Jetzt haben wir ein fettes Problem. Ich knie mich vor Hector und streichle sanft über sein Fell, um ihn ein bisschen zu beruhigen.

»Bitte noch mal langsam und von vorne: Was ist passiert?«

Hector holt tief Luft, dann legt er los.

»Ich bin Stewart auf die Toilette gefolgt. Ich kann dir gar nicht genau sagen, warum – außer, dass ich dem Vogel vom ersten Tag an nicht über den Weg getraut habe. Jedenfalls waren da plötzlich auch die anderen Typen! Die aus dem

Lieferwagen! Ich habe ihre Stimmen erkannt! Stewart hat ihnen haarklein berichtet, wie der Plan ist. Also, unser Plan, von dem ihm Mia ja gerade erzählt hatte.«

Oh, nein! Der Super-GAU! Stewart ist ein Doppelagent! Er arbeitet offenbar nicht nur für RING, sondern vor allem für die Gegenseite!

»Und weiter?«

»Er sagte etwas wie ›*Die haben nichts gecheckt und jetzt holen wir uns nicht nur ein Stück, sondern den ganzen Kuchen! Ich habe so getan, als hätte ich das SEK informiert. Wir haben also genug Zeit, zur Zentrale zu fahren und uns die Kohle zu schnappen! Genau, wie es der Boss von Anfang an geplant hat*‹ – so in der Art hat er es formuliert. Und dann …«

In meinen Ohren fängt es an, so laut zu rauschen, dass ich fast nicht mehr hören kann, was Hector noch berichtet. Ruhig bleiben, Tessa, du musst ruhig bleiben, spreche ich mir selbst Mut zu, aber so recht will das nicht klappen.

»Was hast du gerade gesagt? Ich habe dich nicht verstanden.«

»Ich habe gesagt, dass du hier dringend wegmusst. Raus aus dieser Toilette. Sie sind gerade los in den Musikraum und wollen Mia überwältigen. Und wenn du nicht gleich dort auftauchst, werden sie dich suchen.«

Da ist das Rauschen wieder, lauter als jemals zuvor! Ich atme tief ein und aus, aber ich bekomme es einfach nicht in den Griff. Hector merkt, dass mit mir etwas nicht stimmt. Er macht Männchen und guckt mir tief in die Augen.

»Tessa, das ist jetzt nicht der richtige Augenblick für Panik! Du musst dich beruhigen, dann kriegen wir das alles hin. Versprochen!« Er hebt wie zum Schwur seine rechte Pfote. Das sieht so komisch aus, dass ich lachen muss. Und mit dem Lachen kehrt meine Zuversicht zurück, das hier irgendwie noch hinzubiegen.

»Okay«, sage ich, »komm, lass uns abhauen.« Vorsichtig linse ich durch den Türspalt auf den Flur: Die Luft ist rein. Ich hebe Hector vom Boden auf und schleiche los – nur um sofort eine Vollbremsung einzulegen. Stimmen auf dem Flur vor den Musikräumen! Wortfetzen und … Schreie!

»Lasst mich los! Schweinebande!« Die Stimme von Kim!

»Schweinebande?« Ein Lachen, gehässig und überheblich. »Komm schon, als wir uns das letzte Mal gesehen haben, habe ich dir ein Collier geschenkt und dir meine Liebe beteuert.« Das ist eindeutig Stewart. Und er spricht ohne amerikanischen Akzent. Unfassbar! Er hat uns tatsächlich alle reingelegt! »Aber als ich dich eben an der Straßenecke entdeckt habe, mit diesem lächerlichen Fernglas in der Hand, ahnte ich schon, dass unser nächstes Zusammentreffen nicht ganz so romantisch verlaufen würde.« An der Straßenecke entdeckt? Die Nummer mit der Augenbinde war also auch nur Show. War irgendwie klar. Der hat uns von vorn bis hinten abgezockt.

»Du … du … mieser Verräter!«, schreit Kim, dann ist sie auf einmal viel leiser und ich kann sie nicht mehr verstehen. Hält ihr jemand den Mund zu?

»So, jetzt ist aber mal Ruhe hier«, höre ich die Stimme des Kerls, den ich mit dem Brett bearbeitet habe. »Die andere haben wir gleich geknebelt, nachdem wir sie von der Straße gefischt haben. Die liegt noch im Wagen, war deutlich leiser.«

Oh, nein, sie haben offenbar auch Beyza oder Alex geschnappt! Die Schritte entfernen sich, dann klappt eine Tür auf und wieder zu. Jetzt warten sie im Musikraum nur noch auf mich!

»Was machen wir jetzt?«, flüstert mir Hector zu, den ich immer noch in der Hand halte.

»Gleich um die Ecke ist die Treppe, die zur Aula hochführt«, flüstere ich zurück. »Dort gibt es einen zweiten Ausgang über eine Außentreppe. Ich hoffe, ich kann ihn von innen öffnen, dann kommen wir hier raus, ohne am Musikraum vorbeizumüssen.«

Auf Zehenspitzen schleiche ich zum Treppenaufgang und bete inständig, dass die Verbrecher nicht ausgerechnet in diesem Moment wieder aus dem Musikraum herauskommen. Als ich die ersten Treppenstufen unentdeckt erreiche, läuft mir der Schweiß in den Ausschnitt meines T-Shirts.

»Tessa!«, meldet sich Hector.

»Ja?«

»Lass mal ein bisschen locker, du erdrückst mich fast!«

»Oh, tut mir leid!« Ich atme noch mal tief durch und löse den Griff um Hectors Mäusebauch. Dann schleiche ich die Stufen zur Aula hoch, in die man durch eine braune Holztür gelangt. Vorsichtig drücke ich die Klinke – die Tür lässt sich öffnen, Gott sei Dank!

»Und jetzt?«

»Jetzt hoffe ich, dass die Tür da drüben neben der Bühne auch so leicht aufgeht. Dahinter ist die Außentreppe, die auf den Schulhof führt. So kommen wir unbemerkt vom Schulgelände. Hoffe ich jedenfalls. Und dann müssen wir Marianne warnen – so schnell es geht!«

Hector legt sein Köpfchen schief.

»Am besten rufst du sie jetzt gleich an, würde ich sagen.«

»Eine super Idee. Hat nur einen klitzekleinen Haken.«

»Nämlich?«

»Mein Handy ist in meinem Rucksack. Und der ist im Musikraum.«

»Verdammt! Was ist mit der Polizei? Die müsste hier doch irgendwo sein, weil sie die Typen im Lieferwagen dingfest machen sollten!«

»Genau. Irgendwo. Irgendwo im Umkreis von einem Kilometer. Bis wir die gefunden haben, sind Stewart und Konsorten schon längst bei Marianne.« Ich seufze.

»Wir müssen also selbst in die Zentrale und Marianne warnen«, stellt Hector trocken fest.

»Vermutlich hast du recht, aber wie?«

»S-Bahn?«

Ich schüttle den Kopf.

»Mit Warten und Umsteigen viel zu langsam.«

»Taxi?«

Wieder Kopfschütteln meinerseits.

»Mein Geldbeutel ist ebenfalls im Rucksack.«

»Mann, das gibt es doch nicht. Dann hilft nur eins.«

»Und zwar?«

Hector wirft mir einen sehr entschlossenen Blick zu, bevor er antwortet.

»Rennen!«

»Rennen?«, wiederhole ich ungläubig.

»Ja, Rennen. Zur Zentrale. So schnell es geht!«

»Das sind fast zehn Kilometer. Ich glaube, du machst dir falsche Vorstellungen davon, wie schnell ein Mensch rennen kann.«

Nun richtet sich Hector auf meiner Handfläche auf und verschränkt seine Pfoten vor der Brust.

»Tessa, egal, wie schnell ein Mensch rennen kann – wenn wir es nicht wenigstens versuchen, sind wir verloren. Dann werden die vor uns bei Marianne sein und sie überfallen, ohne dass sie das SEK informieren kann. Und vielleicht haben wir unterwegs noch irgendeine tolle Idee, wie wir sie doch noch schneller warnen können!«

Ich gebe es ungern zu – aber wahrscheinlich hat die Maus schon wieder recht. Nichts tun wäre auf alle Fälle die schlechteste aller Entscheidungen.

»Na gut, dann versuchen wir es«, sage ich, »vielleicht haben wir Glück und sind vor den Verbrechern da.«

»Genau. Positive thinking! Das gefällt mir!«, ruft Hector.

»Und wenn wir da sind …?«

»… dann denken wir uns irgendeinen möglichst harmlosen Vorwand aus, unter dem du Marianne in ihrem geheimen Gespräch stören und ihr ein heimliches Zeichen geben kannst. Wenn sie dich sieht, wird sie sowieso wissen, dass etwas schiefgegangen ist. Der Bandenchef darf aber auf keinen Fall Verdacht schöpfen! Nicht, dass der bewaffnet ist und gleich kurzen Prozess macht!«

»Danke, du machst mir Mut! Und was für ein Vorwand sollte das sein?«

Hector überlegt kurz.

»Sag, du bist von den Zeugen Jehovas. Sag, du willst über die Bibel sprechen. Die stehen doch immer unangemeldet vor der Tür. Und jetzt: Hau rein, Kapelle!«

***

Die Glastür zur Außentreppe lässt sich wirklich mit dem Drehgriff öffnen. Ein Blick auf den Schulhof – keine Verbrecher zu sehen. Ich verfrachte Hector vorsichtig in meine Hosentasche und laufe los. Die Treppe runter, am Unterstufengebäude vorbei, durch das Schultor, raus auf den Bürgersteig. Dann überlege ich kurz. S-Bahn ist trotz Warten und Umsteigen mit Sicherheit schneller, als zu versuchen, die zehn Kilometer im Sprint zurückzulegen. Abgesehen davon, bin ich mir nicht sicher, ob mir nicht nach der Hälfte die Puste ausgeht. Also, los Richtung S-Bahnhof!

»Hey, Tessa! Bist du auf der Flucht vor einem Geist?«

Timo! Auf seiner Vespa! Direkt vor mir auf der Straße!

»Dich schickt der Himmel!«, rufe ich und kann mich nur mühsam davon abhalten, ihm um den Hals zu fallen.

»Hoppla«, lacht Timo, »das ist ja mal eine Begrüßung nach meinem Geschmack! Ich habe eben Beyza getroffen und dachte mir, dass eure Probe dann wohl vorbei sein muss, wenn euer Tecki schon auf dem Heimweg ist.«

Ich nicke.

»Ja, ja. Alles vorbei. Und jetzt habe ich eine sehr dringende Bitte und überhaupt keine Zeit für Erklärungen. Kannst du uns bitte ganz, ganz schnell in die Speicherstadt fahren?«

»Euch?« Timo runzelt die Stirn.

»Äh, mich. Ich meine: mich in die Speicherstadt fahren.«

»In die Speicherstadt? Was willst du denn da?«

»Timo, bitte«, sage ich flehentlich. »Ich muss da ganz dringend hin. Sofort!«

»Okay, klar«, gibt er erstaunt zurück und nimmt seinen Rucksack von der Schulter. »Dann Helm auf und los!« Er zieht den zweiten Helm aus dem Rucksack und drückt ihn mir in die Hand. Ich setze ihn mir auf und schwinge mich hinter Timo auf den Roller.

»Kehrwiederspitze«, rufe ich dann. »An der Elbe einfach immer geradeaus. Und bitte: So schnell du kannst!«

»Mannomann, sagte er nicht, dass Ding sei gedrosselt?«, mischt sich jetzt Hector ein. »Dann kann das ja ewig dauern.«

»Timo«, schreie ich durch die Öffnung in meinem Helm, »kann das Ding nicht schneller fahren? Du sagtest doch, eigentlich fährt sie fünfzig.«

Er dreht den Kopf.

»Also, offiziell ist sie gedrosselt und ich kann nur fünfundzwanzig Stundenkilometer fahren. Aber … na ja, ein bisschen schneller geht es schon. Ich wollte dich nur gestern nicht erschrecken.«

»Dann GIB STULLE!«, schreie ich, so laut ich kann. Timo dreht am Gashebel und die Vespa macht einen regelrechten Sprung nach vorn. Wow, okay, das ist schnell!

Wir sausen runter zur Elbe, dann die Elbchaussee entlang Richtung Hafen. Mit ein paar waghalsigen Überholmanövern kämpft sich Timo an den Autos vor uns vorbei. Unter normalen Umständen wäre ich schon vor Angst vom Sitz gefallen, aber nun bete ich, dass er dieses Tempo beibehalten kann. Ein paar Autos hupen, als wir sie passieren, offensichtlich ist man mit unserer Fahrweise nicht einverstanden. Timo lässt sich davon aber nicht beeindrucken und wir rasen weiter. Ich werfe einen Blick über meine Schulter – Gott sei Dank ist noch kein schwarzer Lieferwagen zu sehen!

Auf der rechten Seite taucht der Kuppelbau des alten Elbtunnels auf, wir haben es also fast geschafft. Ich habe vom Fahrtwind Tränen in den Augen und hoffe, Timo geht es nicht genauso, sonst ist das hier ein ziemlicher Blindflug. Scheint aber kein Problem zu sein, denn Timo biegt zielsicher nach rechts ab und fährt über die Brücke, die zur Kehrwiederspitze führt.

»Was jetzt?«, ruft er. »Wir sind fast da.«

»Weiter in die Straße Kehrwieder, fast bis zum Miniaturwunderland«, dirigiere ich ihn. Keine zwei Minuten später ist das alte Speicherhaus in Sichtweite. »Halt!«, rufe ich. »Gleich da vorn! An dem Straßenschild!«

Timo hält an, ich springe vom Sitz und will ins Haus rennen, da hält er mich am Ärmel fest.

»Willst du mir nicht endlich mal sagen, was los ist?«

»Später – ich schwör's!«

»Dann komme ich mit.« Timo steigt ebenfalls von der Vespa und zieht den Schlüssel ab.

»Nein, bitte nicht!«, sage ich, aber Timo schüttelt den Kopf.

»Keine Chance, Tessa. So, wie du aussiehst, muss es etwas Ernstes sein. Und wenn es etwas Ernstes ist, dann lass ich dich damit nicht allein.«

»Aber es könnte da drin auch echt gefährlich werden.«

»Dann komme ich erst recht mit.«

»Mann, werd endlich den Typen los«, mosert Hector aus meiner Hosentasche. »Du bist ja gar nicht allein.«

»Wie soll ich ihm das jetzt erklären?«, zische ich zurück. »Wir haben auch keine Zeit mehr zu verlieren.«

Ich drehe mich zu Timo und nicke ihm zu.

»Also gut, komm mit!«

Wir rennen in den Hauseingang, ich stürze die Treppen hoch, Stockwerk um Stockwerk. Völlig außer Atem stehen wir kurz darauf vor der Tür zu dem riesigen Dachgeschossraum, in dem Kim, Mia und Alex Mr Unbekannt die Steine für die Laboranalyse übergeben haben. Möglichst leise öffne ich die Tür einen Spalt und horche hinein. Nichts. Keine Stimmen. Ich drücke die Tür vollständig auf.

Der Raum ist leer, keine Spur von Marianne und dem Bandenchef. Verdammt! Wo sind die? Wo würde man ein

Geschäft in Ruhe abwickeln? Richtig. In einem Büro! Und das ist im Stockwerk unter uns, dort haben wir uns mit Marianne getroffen, als sie zu uns in die Zentrale gekommen ist.

»Wir müssen einen Stock runter«, sage ich und wende mich zum Gehen.

Timo seufzt.

»Warum? Ach, entschuldige, ich vergaß: keine Fragen.«

Ich muss grinsen.

Unten angekommen, müssen wir nur den Flur entlang, das Büro liegt ganz am Ende des Gangs. Anders als im Dachgeschoss gibt es hier nicht nur einen Raum, sondern mindestens zehn, jedenfalls den Türen nach. Ich kann Mariannes Stimme schon bald hören, sie scheint sich angeregt mit jemandem zu unterhalten. Ich gehe ganz nah an die Tür und versuche zu lauschen.

»… und das sind wirklich ganz außergewöhnliche Schmuckstücke, das muss ich zugeben.« Sie lacht.

»Glauben Sie mir, sie sind jeden Cent wert«, erwidert ihr Gesprächspartner.

Ich zucke zusammen – diese Stimme kenne ich doch! Aber woher?

»Haben Sie das Geld dabei?«

»Natürlich. In diesem Koffer. Fünf Millionen Euro. In zehntausend 500-Euro-Scheinen, nicht durchgehend nummeriert. Wie vereinbart.«

Offenbar hat Marianne noch keinerlei Verdacht geschöpft, dass das hier eine Falle ist. Kein Wunder, schließlich denkt sie, dass wir der Diamantenmafia eine Falle stellen und nicht umgekehrt. Mia konnte sie nicht mehr warnen, die liegt vermutlich geknebelt neben Kim im Musikraum.

»Dann lassen Sie mal sehen. Ich habe eine Prüfmaschine dabei, das wird einige Zeit dauern.«

Diese Stimme! Woher kenne ich die Stimme?

»Los, Tessa, geh rein und sag, dass du über die Bibel sprechen willst! Beeil dich!«

Lindström! Es ist Lindström! Der Juwelier aus Berlin! Verdammt – der kennt mich!

»Ich kann da nicht reingehen«, flüstere ich in Richtung meiner Hosentasche. »Der Typ kennt mich, er wird gleich wissen, was Sache ist.«

»Mist!«, fiept Hector.

»Was hast du gesagt?«, fragt Timo, direkt hinter mir.

»Äh, ich … äh … ich rede mit mir selbst.« Dann drehe ich mich zu Timo um und überlege. Wird Marianne das SEK informieren, wenn Timo ins Büro geht und sagt, dass er mit ihr über die Bibel sprechen will? Wohl kaum. Sie kennt ihn nicht und wird denken, dass er – na, eben mit ihr über die Bibel reden will. Fieberhaft denke ich nach. Was nun?

»Tessa, was ist los? Du guckst genauso, wie ich mich gefühlt habe, als ich letztes Jahr für die Schülerzeitung Ed Sheeran interviewen durfte. Irgendwie verängstigt und ratlos.«

Schülerzeitung! Genau! Das isses!

»Timo, hast du in deinem Rucksack etwas zu schreiben?«

»Klar. Meinen Schreibblock und 'nen Stift.«

»Gib her.«

Er kramt beides raus und gibt es mir. Ich kritzele etwas auf die erste Seite.

»Hör mir gut zu, Timo. Es ist extrem wichtig. Du gehst da jetzt rein. Dadrin sitzt die Managerin von *Gimme Four*. Die Grauhaarige, du weißt schon.«

Timo nickt.

»Sehr gut. Du gehst rein und sagst, dass du Timo Erhard von der Schülerzeitung *Die Checker* bist und ihre Sekretärin dir ein Interview über *Gimme Four* für heute zugesagt hat. Du hättest auch ein paar Fragen vorbereitet. Und dann hältst du ihr diese Seite des Blocks unter die Nase. Verstanden?«

»Äh, nein. Ich hab's gehört. Verstanden habe ich es nicht.«

»Bitte, tu es einfach.«

Timo schüttelt den Kopf, nimmt mir den Block aus der Hand, klopft an die Tür und öffnet, ohne eine Antwort abzuwarten.

»Bist du irre?!«, flucht Hector aus meiner Hosentasche. »Du kannst den doch da nicht einfach reinschicken. *Schülerzeitung*? Was ist das denn für ein Humbug?«

»Das ist kein Humbug, das ist unsere letzte Chance, hier halbwegs heil rauszukommen.«

Von ganz unten im Treppenhaus schallt durch die offene Flurtür plötzlich Lärm herauf. Türen knallen und jemand läuft die Treppen hoch. Und zwar ziemlich schwungvoll, denn die Schritte kommen sehr schnell näher.

»Verdammt, sie sind da!«, ruft Hector. »Ich hoffe, deine Idee war gut – was zum Geier hast du auf den Block geschrieben?«

Bevor ich seine Frage beantworten kann, fliegt die Treppenhaustür zu unserem Flur auf und ich stehe Stewart Auge in Auge gegenüber. Und leider nicht nur ihm. Seine Freunde von der Baustelle hat er auch gleich mitgebracht.

»Hallo, Tessa!«, begrüßt er mich. Und es klingt irgendwie nicht besonders freundlich.

20

Grande Finale – oder: Wo geht's denn hier nach Ulan Bator?

Ich mach's mal kurz: Er meint es auch nicht besonders freundlich. Stewart steuert direkt auf mich zu und packt mich an beiden Oberarmen. Ich trete ihm mit voller Wucht gegen das Schienbein, sodass er mich kurz loslässt, aber das reicht nicht, um an den beiden anderen Typen vorbeizukommen. Der eine greift sofort nach mir, ich weiche aus – und lande in den Armen des anderen.

»Verdammt!«, schreit Stewart in diesem Moment und sehe aus den Augenwinkeln, dass Hector an seinem Arm baumelt. Offenbar hat er sich darin verbissen. Sehr tapfer – aber auch sehr sinnlos, denn nun schleudert ihn Stewart mit einer schnellen Bewegung von sich. Hector lässt los und fällt zu Boden. Stewart will nach ihm treten, erwischt ihn aber nicht, weil Hector ein Stück zu weit weg liegt.

Nun zieht Stewart etwas aus dem Hosenbund – es ist eine Waffe! Er zielt auf Hector, der immer noch wie benommen vor der Wand kauert. Jemand schreit laut »NEIN!«, zu meiner Überraschung bin ich es wohl selbst, die sich mit diesem Schrei auf Stewart stürzt und seinen Arm hochreißt. Ein Schuss löst sich, Putz bröckelt von der Decke.

Keine zwei Sekunden später fliegt die Tür von Mariannes Büro auf und Herr Lindström steht auf dem Flur.

»Was ist hier los?«

Stewart schüttelt sich und wendet sich zu ihm um.

»Ach, gar nichts, keine Sorge, Boss.«

»Es klingt nicht wie *nichts*, Pauli!«

Zwei Sachen stelle ich in diesem Moment fest: Jay heißt in Wirklichkeit nicht Stewart, sondern Pauli. Und sein Boss ist gerade nicht sehr erfreut über den Verlauf des Nachmittags. Gut, Letzteres trifft mit Sicherheit auch auf Marianne zu. Wahrscheinlich war sie schon sehr geplättet, als sie feststellen musste, dass der nette Herr Lindström aus Berlin in Wirklichkeit kein hilfsbereiter Juwelier war, sondern der Bandenchef, der sie auf diese Weise schon die ganze Zeit beobachten konnte. Mit anderen Worten: Ich fürchte, sie hat allen Grund, mit der momentanen Entwicklung unzufrieden zu sein. Schon taucht ihr Gesicht im Türrahmen auf und – Überraschung! – auch sie sieht alles andere als glücklich aus!

»Boss«, räuspert sich Pauli, »das kleine Mädchen hier wollte den Lauten machen, aber ich habe sie eingefangen, würde ich sagen.« Und mit diesen Worten richtet er die

Waffe genau auf mich. Was mich ehrlicherweise davon abhält, ihm für *das kleine Mädchen* gleich noch mal so richtig kräftig vor das Schienbein zu treten!

»Mitarbeiter des Monats!«, lobt Lindström ihn. »Und nun zu Ihnen, meine Teuerste«, wendet er sich an Marianne. »Sie werden wohl zugeben, dass sich dieser Nachmittag ein wenig anders gestaltet, als wir alle dachten. Ich vermute, ganz anders, als vor allem Sie es dachten. Denn nun wird hier Folgendes geschehen: Ich werde Ihre fünf Millionen samt meinen Schmuckstücken einpacken und dieses Anwesen völlig unbehelligt mit meinen Mitarbeitern verlassen.« Er lächelt ein sehr schmieriges Lächeln. »Und damit das auch in größtmöglicher Ruhe vonstattengeht, müssen wir Sie nun leider der Mühe unterziehen, sich fesseln zu lassen. Entschuldigen Sie die Umstände, aber so ist es für alle das Beste. Wir wollen hier doch keine hässlichen Gewaltszenen, oder?«

Marianne schweigt, was mich persönlich richtig aufregt, denn am liebsten würde ich jetzt sehen, dass jemand diesem aufgeblasenen Oberidioten volle Granate eins auf die Zwölf gibt. Aber stattdessen lassen wir uns nun, einer nach dem anderen, von Pauli und seinen Handlangern widerstandslos mit Kabelbindern fesseln. Und als wäre das nicht genug, bekommen Marianne, Timo und ich noch den Mund mit Tape zugeklebt. Wirklich ätzend!

»Meine Lieben«, verspottet Lindström uns weiter, »es war mir eine Freude, mit euch Geschäfte gemacht zu haben. Ich hatte erst wirklich Zweifel, dass es uns gelingen würde, mit unserem Köder so viel Geld bei euch lockerzumachen.« Er seufzt und schüttelt den Kopf. Dann breitet sich ein Grinsen auf seinem Gesicht aus. »Aber dankeswerterweise habt ihr nach unserem kleinen Theaterstück über Paulis Entführung noch mal richtig tief in die Tasche gegriffen. Das war wirklich äußerst nobel von euch.« Er macht eine Pause und holt tief Luft. »So. Nun müssen wir leider los. Hoffentlich werdet ihr schnell gefunden. Aber spätestens, wenn morgen ein Lehrer den Musikraum in der Schule aufschließt und den Rest eures Teams findet, wird sich wohl alles klären. Einen schönen Tag noch!«

Pauli und seine zwei Kollegen drängen uns in den Büroraum. Lindström kommt hinterher, schließt den Geldkoffer, hebt ihn vom Tisch und verlässt das Büro. Dann wird die Tür geschlossen und wir hören, wie von außen ein Schlüssel umgedreht wird. Eingesperrt. Großartig. Was für ein toller Tag in meiner noch jungen Agentenkarriere!

Eine Weile ist es völlig still, was natürlich auch daran liegt, dass wir alle geknebelt sind. Das hat aber einen entscheidenden Vorteil: Denn so hören wir umso deutlicher ein einziges Wort aus dem Funkgerät, das offensichtlich unter dem Tisch klebt, an dem Marianne und Lindström vorhin noch gesessen haben. Es ist wirklich nur ein einziges Wort, aber selten hat ein Wort in mir ein solches Hochgefühl ausgelöst. Es lautet: ZUGRIFF!

Fast zeitgleich wird das Gebäude von einer regelrechten Explosion erschüttert. Wir hören lautes Geschrei und Gepolter – es klingt nach einem ziemlich heftigen Kampf.

Schließlich kriecht Dampf unter der verschlossenen Tür zu uns ins Zimmer und meine Augen fangen an zu brennen. Tränengas! Oh, nein, hoffentlich bekommt Hector das nicht volle Lotte ab, falls er noch auf dem Flur liegt!

Kurze Zeit später rumpelt es an unserer Tür, immer lauter, bis es ein krachendes Hämmern ist. KRAWUSCH! Die Tür bricht auf und in Schwarz gekleidete Polizisten mit Helmen und Gesichtsmasken stehen im Raum, eine Art Rammbock in der Hand.

»Frau Morrison?«, ruft uns einer von ihnen zu.

»Mhhmmmm!«, antwortet Marianne.

Die Polizisten reißen die Fenster auf, sodass die Dampfschwaden nach draußen abziehen können, und befreien Timo, Marianne und mich vom Klebeband und den Kabelbindern.

»Besser so?«, erkundigt sich der Beamte, der auch eben nach Marianne gerufen hat. Wir nicken allesamt. »Gut. Es ist alles gut gegangen«, teilt uns der Polizist mit. Dann, an Marianne gewandt: »Vielleicht hätten Sie uns einen Hauch eher anfordern können, aber ein Profi wie Sie bewahrt natürlich die Nerven bis ganz zum Schluss.« Er zieht seine Maske herunter und ich kann sehen, dass er ziemlich breit grinst. »Klar, so hatten wir die Bande natürlich mit beiden Händen in der Kasse. Super Beweislage! Blutdiamanten und beim Landeskriminalamt registrierte Geldscheine – besser geht es nicht.«

Marianne kommentiert das nicht, auch nicht, dass der späte Zugriff mit Sicherheit nicht von ihr beabsichtigt war, sondern lächelt huldvoll. In ihrem Job ist Schweigen offensichtlich Gold.

»Oh, ich bin übrigens der Einsatzleiter hier vor Ort«, stellt sich der Beamte dann vor. »Tarek Abdel Al.«

»Angenehm, Herr Abdel Al«, sagt Marianne und reicht ihm die Hand.

»Okay, sind dann hier so weit alle fit? Oder brauchen wir den Doc?«, will Abdel Al wissen.

Wir schütteln den Kopf.

»Nein, alles gut«, antwortet Marianne stellvertretend für uns drei.

»Bestens. Dann folgen wir jetzt dem mit RING vereinbarten Protokoll: keine Zeugenaussagen, keine Ermittlungen über den Diamantenschmuggel hinaus. Sie alle waren niemals hier.«

Marianne nickt.

»Genauso ist es.«

Abdel Al tippt zum Abschied kurz an seinen Helm, dann dreht er sich um und folgt seinen Kollegen, die das Büro schon verlassen haben.

Timo schüttelt sich und schaut mich fragend an.

»Was, zum Teufel, war das?«

»Moment, wir reden gleich«, erwidere ich. »Ich muss nur kurz etwas suchen.«

Ich laufe in den Flur und schaue einmal nach links und rechts. Kein Hector. Wo steckt der bloß? Ich knie mich hin und krabble den gesamten Flur entlang. Irgendwo hier muss er doch sein!

»Kalt, ganz kalt!«, kommt es auf einmal von direkt über mir. Ich stehe auf und sehe nach oben.

Tatsächlich! Am Rande eines Deckenstrahlers thront Hector und überblickt das gesamte Geschehen von einem wahren Logenplatz aus.

»Was machst du denn da?«, will ich wissen. »Und wie bist du da raufgekommen?«

»Erstens: Als es unten die Explosion gab, habe ich mir schon gedacht, dass man gut beraten ist, sich ein hochgelegenes Plätzchen zu suchen. Zweitens: Einmal am Türrahmen rauf, dann ein mutiger Sprung – das ist ja für Dschingisiin Hector nun wahrlich kein Problem.«

Gut. An Selbstbewusstsein mangelt es dem Kollegen nach wie vor nicht. Aber warum auch? Schließlich hat er heute so ziemlich alles richtig gemacht.

»Komm mal näher«, ruft er jetzt, »direkt unter die Lampe, wenn es geht.«

»Jo, dein Wunsch ist mir Befehl.« Ich stelle mich unter den Strahler und blicke nach oben – da lässt sich Hector direkt in meine Arme fallen. Und ich merke, wie mir eine ganze Wagenladung Steine vom Herzen purzelt. Wir haben es geschafft! Und wir leben alle noch! Hurra!

»Sag mal, heulst du?«, will Hector jetzt von mir wissen. »Ist dir das Ganze so an die Nieren gegangen?«

Stimmt. Ich muss mir gerade wirklich eine Träne von der Wange wischen.

»Och nö«, schwindle ich, »das ist wahrscheinlich noch das Tränengas.«

Hector mustert mich streng, er glaubt mir natürlich nicht.

»Wenn du meinst«, sagt er schließlich. »Und jetzt meine letzte Frage für heute: Was, zum Geier, hattest du Timo auf den Block geschrieben?«

Da muss ich nicht mehr heulen, sondern grinsen.

»Ist doch wohl klar«, antworte ich. »DAS IST EINE FALLE! RUF SOFORT DAS SEK! Oder warum, denkst du, war das SEK auf einmal da? Marianne hat es offensichtlich gleich geschnallt und das Funksignal ausgelöst.«

»Nein!« Hector reißt die Augen auf. »Deswegen sind die gekommen? Ich habe mich das schon die ganze Zeit gefragt!« Er macht eine kurze Pause, dann holt er tief Luft. »Tessa, du bist eine Wucht. Man glaubt es nicht gleich – aber du bist echt eine Wucht!«

»Danke dir«, flüstere ich und streichle ihm über seinen Kopf.

»Tessa, wo bleibst du denn?« Timo ist in den Flur gekommen und sucht nach mir. Hector versteckt sich schnell wieder in meiner Hosentasche, kurz darauf steht Timo neben mir. »Du bist mir noch eine Erklärung schuldig!«, sagt er mit einer Stimme, die ein bisschen zittrig klingt. »Was war das hier?«

»Tjaaaa«, sage ich sehr lang gezogen und versuche, mich an den genauen Wortlaut von Mias Erklärung in Berlin zu erinnern. »Du wirst es nicht glauben – aber das waren lediglich ein paar aufdringliche Fans. Nicht schön, aber auch nichts Wildes.«

Timo schüttelt den Kopf. Ich weiß genau, was er jetzt denkt. Ich würde sogar sagen, ich habe neulich exakt das Gleiche gedacht.

»Tessa, die wollten euch überfallen! Ich meine, das war richtig gefährlich! Mir zittern jetzt noch die Knie! Die hatten schließlich eine Waffe!«

»Chill mal, Timo!«, zitiere ich jetzt Alex, denn warum nicht von den Profis lernen? »Ich kann wohl ein bisschen besser als du beurteilen, wie aufdringlich Fans sein können, wenn sie hysterisch werden. Glaub mir, wir hatten in Berlin welche, die an der Außenfassade des Hotels bis in unsere Zimmer geklettert sind, nur um in unserer Nähe zu sein. Die Leute sind einfach verrückt, damit muss man als Star leben.«

»Aber haben die Polizisten nicht gerade irgendwas von einer Kasse gesagt? Und wer oder was ist denn RING?«

»RING? Kasse? Nein, da musst du dich verhört haben. Das hat hier niemand gesagt.«

Timo will etwas erwidern, lässt es dann aber. Marianne kommt auf den Flur und nickt uns zu.

»Ihr Lieben, ich habe noch Termine. Wir sprechen die Tage wegen des nächstens Videodrehs, okay?«

»Klar«, sage ich fröhlich, »machen wir!«

Sie winkt uns kurz zu, dann geht sie.

»Und was machen wir jetzt?«, will Timo von mir wissen.

»Sag ihm, dass du zum Flughafen willst«, flüstert es aus meiner Hosentasche. »Wenn wir uns beeilen, bekomme ich noch den 20-Uhr-Flieger nach Ulan Bator.«

Ich räuspere mich und blicke dann direkt in Timos Augen.

»Sag mal, hast du noch genug Sprit für so ungefähr zwanzig Kilometer?«, will ich von ihm wissen. Timo seufzt ein sehr, *sehr* tiefes Seufzen.

»Ich glaub schon. Wo willst du denn jetzt schon wieder hin, du verrücktes Huhn?«

»Helmut-Schmidt-Airport, Hamburg-Fuhlsbüttel.«

»Zum Flughafen?!«

Ich nicke. Timo schließt kurz die Augen, öffnet sie dann wieder und schaut mich mit einem Blick an, der mein Herz einen kleinen Sprung machen lässt.

»Na gut«, sagt er. »Zum Flughafen. Warum auch immer. Dein Wunsch ist mir Befehl.«

»Sag ihm, er soll so schnell fahren wie vorhin!«, flüstert mir Hector zu.

Nee, mein Lieber! Ich denke überhaupt nicht dran. Von mir aus können wir nach diesem total verrückten Tag auch sehr, sehr lang für diese Strecke brauchen!

Danksagung.
Oder: Teamwork makes the dream work.

Bei Lesungen werde ich sehr häufig gefragt, wie so ein Buch denn überhaupt entsteht. Die ehrliche Antwort muss lauten: Ein gutes Buch entsteht nur dann, wenn viele Leute daran mitarbeiten. In der Reihenfolge ihres Auftretens im Arbeitsprozess der Buchwerdung möchte ich daher im Folgenden dem TT, dem Team Tessa, ganz besonders danken.

Da wäre zum einen Sarah Haag. Mit ihr habe ich zuerst über die Geschichte von Tessa nachgedacht und Sarah war es auch, die die Idee hatte, unsere frischgebackene Geheimagentin könnte doch die Spur von Blutdiamanten verfolgen.

Jeannette Hammerschmidt und Julia Gronhoff waren es dann, die unserer Tessa sofort eine Verlagsheimat bei den Loewen anboten. Die junge Dame wird sich in Bindlach bestimmt sehr wohl fühlen und von dort aus hoffentlich viele Freunde finden.

Als Nächstes kam Katja Korintenberg ins Spiel. Sie übernahm sehr beherzt das Lektorat für das vorliegende Buch und ich hatte bei der Zusammenarbeit unheimlich viel Spaß. Nach wie vor bin ich schwer begeistert von dem Einsatz, den sie dabei an den Tag legte.

Sie übergab dann direkt an Simona Herzig, die bei den Loewen für dieses Projekt alle Fäden in der Hand hielt und unsere Verbindung »ins Haus« darstellte. Die genialen Vorschau- und Klappentexte stammen von ihr, sie kümmerte sich auch um die Illustratorin.

Und apropos Illustratorin: Hat Inka Vigh nicht ein wunderschönes Cover entworfen? Eines, das richtig reinknallt und neugierig macht? Ich war sofort begeistert davon. Gleiches gilt natürlich für die Vignetten – das sind die kleinen Zeichnungen zu Kapitelbeginn.

Und während ich das hier schreibe, ist es Margret Ulrich, die in der Herstellung dafür sorgt, dass aus einem Manuskript auch wirklich ein Buch wird. Und zwar unter Hochdruck, denn die Termine waren ganz schön eng getaktet.

Frau Lütkemeyer im Rechte-Management vom Loewe Verlag hat in der Zwischenzeit schon dafür gesorgt, dass es dieses Buch auch als Hörbuch geben wird. Wer sich also lieber ein Hörerlebnis gönnen will, als selbst zu lesen, wird sich darüber bestimmt freuen. Ich tu's jedenfalls.

Herzlich danken möchte ich auch Sabina Held, der Pressesprecherin des Hotel Adlon Kempinski Berlin, und ihrem Team. Sie hat mich bei den Recherchen vor Ort und auch bei Fragen danach sehr freundlich und kompetent unterstützt. Aus künstlerischen Gründen konnte ich nicht alle Anmerkungen 1:1 umsetzen, es sei mir hoffentlich verziehen … Eins steht aber fest: Wenn ich dereinst reich und berühmt bin, werde ich hoffentlich sehr oft im Adlon zu Gast sein, denn das ist wirklich ein ganz tolles Hotel!

Wenn ich so auf die Liste gucke, tauchen bisher nur Damen auf. Bis jetzt. Denn danken möchte ich an dieser Stelle zwei besonderen Herren, die sich sehr um »T wie Tessa« verdient gemacht haben. Zum einen ist das Christoph Gondrom, mein Verleger. Denn die Kurzfassung lautet: ohne Verleger kein Verlag und somit auch kein Buch. Christoph Gondrom ist also alles andere als ein Quotenmann auf dieser Liste. Kein Quotenmann ist natürlich auch Bernd, mein Mann. An dieser Stelle ein herzlicher Dank für das Rückenfreihalten unter Corona-Bedingungen. Wie immer wäre es ohne dich nicht gegangen!

@ Sebastian Fuchs

Frauke Scheunemann, geboren 1969 in Düsseldorf, ist promovierte Juristin. Sie absolvierte ein Volontariat beim NDR und arbeitete anschließend als Journalistin und Pressesprecherin. Seit 2002 ist sie freie Autorin. Ihre Romane um den Kater Winston waren monatelang auf den Bestsellerlisten. Frauke Scheunemann ist verheiratet und lebt mit ihrem Mann, ihren vier Kindern und den kleinen Hunden Elmo und Urmel in Hamburg.

Inka Vigh ist nach dem Kommunikationsdesign-Studium an der Hochschule RheinMain (BA) in Wiesbaden von 2014 bis 2016 über Kalifornien, Beirut und Budapest schließlich in Mainz gelandet. Sie lebt und arbeitet dort seither als freischaffende Illustratorin. Ob Kulturelles, Soziales, Kinderbücher, Magazine oder Cafés – alles wird mit Freude illustriert und wunderschön gemacht!

@ Xenia Berg

T wie Tessa

FREUT EUCH AUF
EINEN NEUEN EINSATZ

FRÜHJAHR 2022

WINSTONS MISSIONEN

Band 1
ISBN 978-3-7855-8974-8

Band 2
ISBN 978-3-7432-0186-6

Band 3
ISBN 978-3-7432-0351-8

Band 4
ISBN 978-3-7432-0530-7

Band 5
ISBN 978-3-7432-0692-2

Band 6
ISBN 978-3-7432-0843-8

Band 7
ISBN 978-3-7432-0626-7

Die Kinderbücher rund um die Freundschaft zwischen Kater Winston und Kira aus der Feder von Bestsellerautorin Frauke Scheunemann, bekannt durch die Dackelblick-Bücher, wurden mit dem deutschen Katzen-Krimi-Preis 2013 ausgezeichnet.